마광수 에세이

스물 즈음

스물 즈음

초   판 1쇄 인쇄 | 2014년 6월 30일
초   판 1쇄 발행 | 2014년 7월 10일
—

지은이 | 마광수
펴낸이 | 조선우
펴낸곳 | 책읽는귀족

등록 | 2012년 2월 17일 제396-2012-000041호
주소 | 경기도 고양시 일산동구 백석동 현대밀라트 2차 B동 413호
전화 | 031-908-6907
팩스 | 031-908-6908
홈페이지 | www.noblewithbooks.com
트위터 | http://twtkr.com/NOBLEWITHBOOKS
E-mail | idea444@naver.com
—

책임 편집 | 조선우
표지 & 본문 디자인 | 아베끄
표지 그림 & 본문 삽화 | 마광수
—

값 12,000원

ISBN 978-89-97863-26-6 03810

이 도서의 국립중앙도서관 출판시도서목록(CIP)은 서지정보유통지원시스템 홈페이지
(http://seoji.nl.go.kr)와 국가자료공동목록시스템(http://www.nl.go.kr/kolisnet)
에서 이용하실 수 있습니다.(CIP제어번호: CIP2014017432)

마광수 에세이

스물 즈음

책읽는
귀*족

고독은 자유의 또 다른 이름

고독을 감수할 수 있어야 진짜로 자유로워질 수 있어
가족이든, 친구든, 애인이든 그 누군가를 믿고 의지하면
절대로 자유로워지지 못하지
종교도 마찬가지야
예수든 석가든 그 누구든
온몸을 다 바쳐 숭배하고 따르다 보면
고독에서 잠시 벗어날 수 있을진 몰라도
결코 당당한 자유인이 될 수는 없어
오직 너 자신만을 사랑해 봐
오로지 너 자신만을 의지해 봐
신(神)의 노예가 되지 말아 봐
고독은 자유의 또 다른 이름
자유는 고독의 또 다른 이름
고독한 자유의 끝은 황홀한 해방의 오르가슴!

2014년 6월
마광수

┤ 일러두기 ├

에세이가 점점 더 장르적(的) 범위를 넓혀감에 따라. 이 책에서는 에세이 형식을
위주로 하고 거기에 약간의 허구적 소설 형식을 가미했음을 밝혀 둔다. – 저자.

PART 2
스물 즈음,
길 위의 고민들

PART 3
어른만 되면 모든 꿈을
이룰 수 있을 것 같았지

PART 4 그래도 아름다운 시절

덧붙이며

청춘 탐구 – 히피 생태론

PART **1**

★

시간 여행자,
청춘의 꿈으로

씨

이제는 과일을 먹을 때 씨까지 먹기로 했다.

껍질째, 씨째, 통째로 먹기로 했다.

생활에, 사랑에, 지친 내 마음

삭막해질 대로 삭막해진 마음이

싱싱한 씨앗들을 부른다

포도도 참외도 씨째로 먹는다.

씨를 씹지 않고 통째로 삼킨다.

그러면 씨들은 내 황량한 가슴속으로 떨어져

싹이 터 무럭무럭 자라난다

자라라 자라라 어서어서 자라라

포도를 먹으면 내 가슴속에 포도넝쿨이 우거지고

참외를 먹으면 참외밭, 수박을 먹으면 수박밭

딸기를 먹으면 드넓은 딸기밭이 펼쳐진다

아니, 더 큰 과일나무도 심어야지

사과, 자두, 복숭아도.

과일을 온통 씨까지 먹으면

가슴속은 하나 가득 싱싱한 과일밭이 된다

푸른 빛 언제나 가득한 과수원이 된다.

점점 멀어져 간다

　연세대학교는 울창한 숲에 둘러싸여 있었다. 그 한가운데 있는 건물이 내가 다니는 국문학과가 소속된 문과대학 건물이었다. 20세기 초에 지어진 그 건물은, 철근이 하나도 안 들어가고 순전히 돌로만 지어진 석조건물이었다. 그래서 여름에도 그다지 덥지가 않아 좋았지만, 그 대신 겨울에는 너무나 추웠다. 그래서 우리들은 그 건물을 '냉장고'라고 불렀다.

　학교 입구(그때는 교문이 없었다)에서 문과대학까지 올라가는 '백양로'에는 길 양쪽에 오래된 백양나무들이 심어져 있었다. 백양나무 이파리의 한쪽은 초록색이고 다른 한쪽은 은백색이었다. 그래서 바람이 불어 나뭇잎들이 흔들리면 굉장히 아

름다운 풍경을 연출해냈다. 두 가지 색으로 만들어진 바람개
비들이 돌아가는 것 같았고, 또는 옅은 눈이 내리는 풍경과도
같았다.

백양로 양쪽에는 코스모스를 해마다 무더기로 심어놓곤 했
다. 그래서 가을이 되면 흐드러지게 피어난 키가 큰 코스모스
들을 볼 수 있어 좋았다.

학교 뒤편으로 가면 '청송대'라고 불리는 '숲속의 빈터'가
있었다. 드문드문 벤치가 놓여 있어 나는 강의가 없는 시간에
는 자주 그곳으로 가서 책을 읽곤 했다.

청송대 한편으로는 작은 실개천이 흘러내렸다. 그래서 무
더운 여름철엔 개천에 발을 담그고 앉아 더위를 식힐 수 있었
다.

청송대 뒤쪽에 있는 울창한 숲속을 뚫고 올라가면 무악산
이었다. 한적한 약수터가 있어서 좋았고, 꿩과 다람쥐들이 많
아 한가로운 숲 속 풍경을 다채롭게 만들어주고 있었다.

그때 연세대학교의 재적 학생 수는 5,000명 정도였다. 그
래서 아담하고 가족적인 분위기를 이루어 다른 과 학생들과
도 곧잘 안면을 틀 수 있었다.

문과대학에는 학과가 여섯 개밖에 되지 않아서 과(科)가 달
라도 쉽게 교우(交友)가 이루어졌다. 한 학과의 입학정원이

20에서 30명 정도밖에 되지 않아서 더 그랬다.

학교 앞 차로는 좁은 2차선이었다. 그리고 그때는 신촌이 시내에서 아주 멀리 떨어진 장소로 인식되고 있어서, 왕래하는 차량들이 드물었다.

학교 앞길에서 신촌 로터리로 나가지 않고 왼쪽으로 꺾어 올라가면 이화여대 후문이 나오고, 거기서 조금만 더 올라가면 버스 종점이 나왔다. 금화터널이 뚫려 있지 않을 때라 거기서부터가 무악산 기슭이었다.

경사진 흙길을 걸어 올라가면 낡은 사찰인 봉원사가 나왔다. 봉원사 앞에 있는 작은 계곡에서는 언제나 깨끗한 물이 시원하게 흘러내렸다. 나는 여자친구와 데이트할 때 봉원사로 많이 놀러갔다. 연세대 후문 근처에서 파는 번데기 한 봉지와 소주 한 병만 있으면 얼근한 술기운에 잠겨 한결 낭만적인 데이트를 할 수 있었다.

그때는 소주가 30도였는데(지금은 20도 안팎이다), 그래서 조금만 마셔도 술에 취해 해롱거릴 수 있어 경제적이었다. 나와 연애했던 여자애들도 거의가 술을 잘 마셨다. 가난한 가운데 '퇴폐'와 '감상(感傷)'이 뒤섞여 있던 낭만적인 시절이었다.

학교 앞에서 신촌 로터리까지 가는 사이엔 네댓 군데 카페 (다방)가 있었다. 복지 다방, 독수리 다방, 하렘 다방, 캠퍼스 다방 등이었다. 그중에서 가장 유명한 다방은 독수리 다방이었는데, 40여 년이 지난 지금까지도 살아남아 연세대 앞의 명소로 되어 있다.

그리고 지금은 한 군데밖에 없는 책방(홍익문고)이 그때는 네다섯 개나 있었다. 그 가운데 두 곳은 헌책방이어서 나는 책을 싸게 사고 싶을 때나, 혹은 절판되어 없어진 책을 구하기 위해 헌책방에 자주 들렀다.

학생 상대의 음식점과 술집은 꽤 많았다. 술집 중에서 내가 국문학과 친구들과 자주 드나들었던 곳은 '충남집'이었다. 주로 막걸리를 마셨는데, 그때는 막걸리를 쌀로 만들지 않고 옥수수로 만들어 그다지 맛이 없었다.

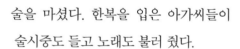

돈이 좀 많이 생긴 날은 친구들과 어울려 신촌 기차역과 이화여대 사이에 많이 있던 '색시집'에 가서 술을 마셨다. 한복을 입은 아가씨들이 술시중도 들고 노래도 불러 줬다.

싱싱 발랄하고 부티 나게 옷을 입은 이화여대 학생들이 자주 지나다니는 골목에, 집안이 가난해서 학교도 못 다니고 접대부 노릇을 하는 젊은 색시들이 왔다 갔다 하는 풍경은 참으로 묘한 대조

를 이루었다.

　그 시절 우리들은 '날이 갈수록'이란 노래를 많이 불렀다. 나와 같은 국문학과 학생인 김상배가 작사·작곡한 노래인데, 연세대 학생들 간에 많이 불리다가, 나중에 소문이 나 가수 송창식 씨와 김정호 씨가 레코드로 취입하기까지 했다.

날이 갈수록

가을 잎 찬 바람에 흩어져 날리면

캠퍼스 잔디 위엔 또다시 황금물결

잊을 수 없는 얼굴, 얼굴, 얼굴들……

루루루루 꽃이 지네

루루루루 가을이 가네

하늘엔 조각구름 무정한 세월이여

꽃잎이 떨어지니 젊음도 곧 가겠지

머물 수 없는 시절, 시절, 시절들……

루루루루 세월이 가네

루루루루 젊음도 가네

안녕, 나의 프레시맨 시절

봄이 오면 산에 들에 진달래 피고, 처녀 총각 마음도 진달래꽃 빛깔처럼 활활 불타오른다고 하는데, 내 지나간 시절을 추억해 봐도 확실히 나는 봄철마다 '사랑병'을 앓았던 것 같다. 특히 대학 시절을 생각하면 더욱 그렇다.

나는 원체 몸이 약질인지라, 요즘엔 '봄' 하면 환절기 감기, 꽃가루 알레르기, 황사 현상 같은 것들만 생각나고 낭만적인 이미지는 전혀 떠오르지 않는다. 꽃들이 아무리 흐드러지게 피어나고 여인들의 의상이 밝고 화사한 색깔로 변해도 그저 덤덤할 뿐이다. 봄마다 어김없이 나를 찾아오는 지독한 기관지염 때문에 별로 연애하고 싶은 유혹 같은 것을 느껴보지도 못하겠다. 역시 건강은 나이를 따라가는 모양이다.

대학교 때만 하더라도, 아니 20대 후반까지만 하더라도, 나는 허약한 몸을 가지고서도 이리 저리 쏘다니길 좋아했고 별로 피곤한 줄을 몰랐다. 그때도 나는 늘 소화불량에 시달렸는데, 주말이나 방학에 그룹여행이라도 떠나면 오히려 소화가 잘되어 준비해 갔던 소화제를 손도 대지 않은 채 그대로 가져오곤 했다. 요즘엔 어디 여행이라도 가려면 위경련에 대한 걱정부터 앞서는데 말이다.

그때는 위 기능 자체가 문제가 있었던 게 아니라 단지 신경성 소화불량이었던 것이다. 신나게 기분전환을 하고 한바탕 놀아 제끼면 아무리 과식을 해도 음식이 쑥쑥 내려갔다. 그건 여행을 할 때만이 아니라 연애를 할 때도 마찬가지였다.

특히 대학 1학년 프레시맨 시절의 봄, 그 풋풋한 정열과 핑크빛 희망으로 가득 찼던 아름다운 꿈의 시절을 나는 잊을 수 없다. 그해 봄에 나는 첫사랑을 경험했고, 한껏 낭만적인 감상(感傷)에 젖을 수 있었으니까 말이다.

하긴 진짜 사춘기는 15세 전후, 즉 고등학교 1학년 정도의 나이에 찾아오는 것일 것이다. 하지만 그때 나는 머리를 박박 깎고 시커먼 교복을 입은 모범학생이었고, 이성교제 따위는 엄두도 못 낼 처지에 있었다. 고1 때 초등학교 동창회에서 어떤 여자 동창생한테 반해 몇 번 전화를 걸어 본 일은 있지만 곧 시들해져 버렸던 것 같다.

요즘 고등학생들은 사춘기 때부터 미팅도 하고 데이트도 곧잘 즐긴다고 들었다. 하지만 내가 사춘기였을 때는 사회 분위기가 그런 걸 허락해 주지 않았다. 초등학교 때 이미 『금병매(金瓶梅)』를 읽으며 독학으로 수음(手淫)을 시작했던 나였건만, 관능적 상상력과 실제적 사랑 사이에는 그만큼 머나먼 거리가 있었다.

1969년 3월, 내가 열여덟 살 때 대학에 들어가자마자 내게 찾아온 첫 감동은 "여학생들이 참으로 예쁘구나"하는 것이었다. 교복 입은 여자애들만 보다가 사복 입은 여대생들을 보니 눈이 뒤집힐 지경이었다. 대학 입학식 때 나는, '어쩌면 하나같이 예쁜 여자애들만 입학했을까' 하고 마음속으로 놀랐다.

한 일 년쯤 지난 다음에 보니 다 그저 그렇고 그런 외모들이었는데, 대학 신입생이었던 나의 눈에는 여학생들이 모두 천하절색으로 보였던 것이다. 우리나라 속담에 '기갈(飢渴)이 감식(甘食)이다'라는 말이 있는데, 확실히 나는 고등학교 시절까지 여자에 지독히 굶주려 왔던 모양이다.

대학 1학년 시절은 거의 여자 쫓아다니는 걸로 시간을 보냈다. 그때 내가 집요하게 추적했던 여자는 고등학교 시절 교외(校外) 동아리에서 만난 P였다. '한빛'이라는 명칭의 동아리였는데 남학교는 내가 다니던 대광고와 서울고, 여학교는 이화여고, 숙명여고, 경기여고, 이 다섯 학교 학생들이 섞여 있던 모임이었다.

　일종의 봉사 동아리였던 '한빛'은 여름마다 농촌 봉사를 가고 평소에도 양로원이나 고아원에 가서 힘자라는 대로 노력 봉사를 하는 동아리였다.

　나는 고등학교 땐 P에게 별 느낌을 가지지 못했다. 그런데 대학에 입학한 뒤 머리를 파마하고 양장을 쏙 빼입고 나타난 그녀는 나를 매혹시켜 버렸던 것이다.

　그녀는 퍽 얌전한 성품의 아가씨였는데, 특히 호리호리한 몸매가 내 감상적(感傷的) 기분 속으로 파고들어 코스모스를 연상시켜 주었고, 또 나이
가 나보다 세 살 위라
는 게 마음에 들었
다. 그녀는 중학교
때 병으로 2년을 쉬
었고, 또 나는 초등학

교를 남들보다 한 살 먼저 들어간 관계로 같은 학년인데도 나는 그녀보다 세 살이 아래였다. 그녀는 확실히 누나 같은 면이 있었다.

편지로, 전화로, 나는 그녀의 마음을 흔들어 놓기 위해 안간힘을 썼다. 그녀는 지방 출신이라 방학 때는 고향에 내려가 있었는데, 여름방학 때 P와 필사적인 담판을 벌이기 위해 그녀의 고향집까지 쳐들어갔을 정도였다.

그녀의 본가(本家)인 충북 제천(堤川)으로(그때는 시가 아니라 읍이었다) 떨리는 가슴을 안고 한껏 용기를 내 쳐들어갔던 그 시절의 내 모습이 지금 생각하면 신기하게 느껴진다. 지금의 나로서는 엄두도 못 낼 용기를, 난 그때 괴상한 오기를 가지고 부려보았다. 그래서 결국 그녀와 나는 2학기 초쯤부터는 고정적으로 데이트하는 사이로까지 발전하게 되었다.

내가 오매불망 P에게 사랑을 바치는 것을 부채질해 준 것은 그때 내 곁에 '사랑의 라이벌'이 있다는 사실이었다. 그는 역시 같은 동아리 멤버였던 L이었는데, 그는 나보다 더 큰 열정으로 고등학교 때부터 필사적으로 P를 추적했다.

그는 대학교에 들어가자마자 나의 우정을 추호도 의심하지 아니하고 그녀에 대한 사랑을 내게 울며 고백했다. 그러나 나는 그를 도와준 게 아니라 오히려 더욱더 전의(戰意)를 가다듬게 되었다. 우정보다 애정이 더 먼저라는 사실을 그때 난 확실히 깨달았다. 오히려 그 친구 때문에 공연히 내 마음속에 괴상한 '사랑의 상승작용'이 일어나 나는 P에게 더욱 질깃질깃 매달릴 수 있었다. 확실히 남자가 사랑의 열병을 앓게 되는 데는 사랑 자체보다 '승부욕' 같은 게 더 작용하게 되나 보다.

L은 내가 P를 추적하고 있는 줄은 추호도 몰랐고, 계속 나에게 작전 지시를 바라며 응원을 청할 뿐이었다. 아, 그때 내가 가졌던 사악하고 음흉했던 심보! 나는 L 앞에서 겉으로는 시치미를 떼 가며 우정 어린 작전지시와 상투적인 위로의 말, 이를테면 "여자가 별거냐 그깟 년 잊어버려라!" 따위의 처방전을 주어 가면서, 속으로는 P가 더욱 아름답게만 느껴져 미칠 듯한 소유욕으로 안타까워했던 것이다.

지금 생각하면 정말로 부끄럽고 부끄럽다. 그때 내가 가졌던 그 졸렬한 승부욕과, L에 대해 품었던 이기적 계산이 섞인 우정이 한없이 뉘우쳐질 뿐이다.

지금 L은 내게 둘도 없는 친구가 되어 있고, 나이를 먹을수록 진실된 우정이 참으로 어렵다는 걸 느끼게 되는데, L은 내 몇 안 되는 소중한 친구 중의 하나이다. 그때 그 피비린내 나던 라이벌 관계를 그나 나나 이젠 까마득히 잊어버리고 있다.

그는 그때 얘기를 애써 피하려고 노력한다. 나도 그에게 지난 시절의 무용담(武勇談)을 들려주고 싶진 않다.

아무튼 L로서는 너무나 처절한 사랑이었다. 나는 그래도 P 와 동아리 친구의 자격으로 심심한 데이트라도 해 가며 그녀를 추적했는데, 그는 완전히 '짝사랑의 열병'으로 끝나 버렸기 때문이다.

그때 나는 옛날이야기 책에나 나오는 걸로 생각했던 '상사병'이라는 게 실제로 존재한다는 것을 알게 되었고, 여자의 매정한 마음씨가 어떤 거라는 것도 알게 되었다.

남자가 순정을 바쳐 짝사랑의 열병, 상사병의 병고(病苦)를 호소해 봤자 여자들은 더욱 냉담해질 뿐이다. 그네들은 오직 '힘세고 냉담한 사디스트'를 원할 뿐 '순정과 마조히스트'를 원하진 않는다. 여자 앞에서 무릎 꿇고 사랑을 하소연해 가며—때로는 그녀의 발바닥을 핥는 해프닝조차 벌여 가며— 애걸복걸해 봤자 별수 없다. 여자에겐 오직 '작전'만이 적용될 뿐이다.

물론 그때 내가 P에게 쓴 작전이래봤자 뭐 크게 별달랐을 리가 없다. 다만 내가 L과 달랐던 점은 내가 L만큼 상사병을 앓지 않았다는 것이요, 어린 시절부터 몸에 밴 '마스터베이션' 습관으로 성욕을 그때그때 풀어 버렸다는 점이랄까. 나는 P와

벌이는 러브 게임과는 별도로, 손톱을 길게 기른 여인, 관능적
인 옷차림과 15센티미터 이상의 굽 높은 하이힐로 나의 육체
적 열정을 유린하는 그림책 속의 여인들과 별도의 치정관계
를 벌이고 있었던 것이다. 내가 주로 애용했던 그림책은 미국
잡지 〈플레이보이〉였다.

내가 P에게 쏟았던 열정은 오직 '정신'뿐이었던 것 같다. 확
실히 사춘기 때의 첫사랑은 육체적 욕구와는 별개의 영역으
로 자리 잡고 있다. 그래서 육체보다 훨씬 더 고상한 것으로
보이는 '정신'의 형태로 찾아온다. 그것이 바로 '비극의 씨앗'
이다.

P와의 고정적인 데이트는 초가을쯤부터 시작되었고, 나는
그녀의 집(오빠, 여동생과 더불어 양옥집 이층을 전세 내어 자취를 하
고 있었다)에 수시로 드나들며 어정쩡한 연인 관계를 지속시켰
다. 기껏해야 손목이나 잡아 보며 흥분하는 어색하기 짝이 없
는 풋사랑이었다.

확실히 P는 나이가 나보다 세 살이나 위여서 그런지 누나
같은 데가 있었다. 말하자면 나는 그녀에게서 관능적 매력을
전혀 느낄 수 없었던 것이다. 그녀 역시 너무나 점잖은 타입
이라 나를 육체적 애정의 상대로 대해 주지 않았다. 키스는커

넝 뽀뽀 한 번 못하고 1학년 첫 겨울방학을 보냈다면, 독자 여러분들은 믿어 주실까?

그때 나는 막스 뮐러의 『독일인의 사랑』이나 찰스 디킨즈의 『두 도시 이야기』 또는 헤르만 헤세의 『게르트루트』 같은 소위 플라토닉 러브를 다룬 소설책에 심취해 있었다. 그래서 오히려 그런 변태적 애정(육체관계가 전혀 없는, 즉 'touch'도 없고 'suck'도 없는 사랑이 오히려 변태적인 사랑이다)을 센티멘털하게 실험해 보고 있었는지도 모른다. 그때까지만 해도 나의 사랑은 이분법적인 것이었다. 말하자면 육체적 사랑은 더러운 것이고 정신적인 사랑은 깨끗한 것이라는 미망(迷妄) 속에 나는 빠져 있었다.

대학 1학년 때 내가 사랑을 바친 것은 P 하나뿐이 아니었다. 같은 연세대학교에 다니던 H도, 내 영혼과 마음을 사로잡은 여자 중의 하나였다. 그녀와의 사랑은 짝사랑으로 그치고 말았지만, 어쨌든 지금 생각해 보면 참으로 애틋한 추억 속의 여인이 되었다.

H를 처음 본 것은 3월 초 대학 입학식에서였다. 무슨 과에

다니는지, 이름이 무엇인지도 모르는 채 나는 그녀에게 홀라 당 반해 버렸다. 마치 서양의 동화책 속에 나오는 귀엽고, 깜찍하고, 또 귀티 나는 공주님 같은 얼굴이었다고나 할까. 자세히 뜯어보면 전형적인 미인의 얼굴은 아니었지만, 얼굴 전체의 이미지가 정말 청순하면서도 서구적인 인상을 풍겼다.

H를 처음 본 순간 내 심장은 얼어붙는 듯했다. 그 뒤 나는 혼자서 끙끙거리며 희미한 기억 속의 그녀 이미지를 쫓아 해롱거렸다. 하지만 그녀를 한번 힐끗 본 것만 가지고는(눈에 힘을 주어 그녀 얼굴을 뚫어져라 쳐다볼 용기가 없었으므로. 그때나 지금이나 나는 그저 여자를 '엿보기'나 하는 무기력한 관음자(觀淫者)일 뿐이다) 적극적으로 그녀를 추적할 용기가 없었다. 도대체 어느 과 소속인지라도 알아야 할 텐데, 그게 도저히 불가능했던 것이다.

아니, 설사 내가 그녀의 이름이나 소속 학과를 알았다 할지라도 난 결국 그녀를 미리부터 단념하고 말았을 것이다.

나는 지금까지 단지 첫눈에 반했다는 이유 하나만을 가지고, 그것을 미칠 듯한 정열의 에너지원으로 삼아 여자를 추적해 본 일이 없다. 우유부단하고, 게으르고, 용기 없고, 정력에 자신 없는 내 소심한 성격 때문이다. 난 그저 막연히 운명적인 상봉의 기회가 닥쳐오기를 기다리거나, 행여라도 여자 쪽에서 먼저 내게 접근해 오기를 기다려 볼 뿐이다. 그래서 요즘도 나는 별다른 로맨스를 갖지 못하고 있다. 그저 상상 속에서 허우적거리며 신경질적인 수음을 되풀이할 뿐……. 아, 이 얼마나 비참한 인생이냐—!

H를 오매불망 밤잠 못 자가며 사모하기 시작했던 그 즈음에, 대학 입학 후 P를 다시 만나게 된 것이 H를 잠시 잊어버리게 만들어 준 계기가 되었다. 나는 애써 H의 이미지를 지워버리며 P에게 달려들었던 것이다.

지금 생각하면 P는 내게 H만큼 강렬한 첫인상을 준 여자는 못 되었다. P는 다만 고교시절 동아리의 멤버였다는 이유로 나의 '손쉬운 접근'을 가능하게 했을 뿐이다. P와 끝까지 뽀뽀 한 번 못해 보고 관계를 끝내 버리게 된 것도, 지금 생각해 보면 P의 이미지가 강렬한 관능으로 내게 다가오지 못했기 때문인 것 같다. 나는 다만 '사랑을 사랑하기 위해서' 혹은 '사랑을 연습해 보기 위해서' P를 추적했던 것 같다.

그러나 나는 그해 5월 끝 무렵에 H와 다시금 극적으로 맞부닥치게 되었다. 인연은 인연이었던 모양이다. 나는 대학에 입학하자마자 선배의 권유로 '기독학생회(S.C.A)'라는 교내 동아리에 입회했는데, 두 달쯤 지나 H가 뒤늦게 입회하는 게 아닌가. 그 동아리는 신입생 회원만 해도 100명이 넘는 큰 단체라 다섯 개의 부서로 나뉘어져 활동하고 있었는데, H는 그 동아리에, 그것도 하필이면 내가 속해 있던 '대학문제 연구회'에 입회하여, 입학식 때 봤던 그 천사 같은 얼굴로 해맑은 미소를 지으며 살며시 고개 숙여 입회신고를 하는 것이었다.

그 이후로 나의 동아리 활동은 신명이 났고, 동아리 일보다는 온통 그녀에 대한 생각뿐이었다. 그런데 그 시절만 해도 동아리 회원끼리 연애를 하는 것은 완전 금기로 되어 있어서 (지금 생각하면 참으로 촌스러웠던 시절이다), 나는 벙어리 냉가슴 앓듯 가슴만 태울 수밖에 없었다. 오로지 그저 그녀와 같이 있을 수 있다는 사실에 감지덕지해야만 했던 괴로운 시간의 연속이었다.

동아리에서 갔던 등산이나 야유회, 그리고 여름방학 때 인천에서 일곱 시간이나 배를 타고 갔던 외딴 섬 이작도(伊作島)에서의 6박 7일 MT 등, 그때마다 나는 H에게 향해 있는 안타까운 마음을 남들에게 들킬까봐, 겉으로는 오히려 냉담한 체 시치미를 떼가며 그녀를 대할 수밖에 없었다. 그러다가 2학기 말쯤 돼서야 겨우 용기를 내어 장문의 편지를 써서 그녀의 집으로 부쳤는데, 그녀한테서 회신은 오지 않았고 그녀는 동아리를 그만둬 버렸다.

내가 학교 안에서는 H에게 가슴을 태우면서도 학교 밖에서는 P를 만나는 것이 가능했던 것은, 그만큼 내가 뻔뻔한 바람둥이 체질을 타고났기 때문이었을까? 아무리 생각해 봐도 도무지 알 수 없는 일이다. 하지만 사랑이란 결국 '식사(食事)'와 같은 것이어서 평생 '오직 한 사람', 즉 '오직 한 메뉴'란 있을 수 없다는 사실을 나는 요즘 와서 어렴풋이 깨달을 수 있게 되었다.

말하자면 H는 그때 나에게 '가까이하기엔 너무 먼 양식(洋食)'이었고 P는 '가까이하기에 어렵지 않은 한식(韓食)'이었다. 대학 시절에 나는 양식을 먹어본 적이 거의 없다. 너무 비쌌고, 너무 기(氣) 죽였다. 아무튼 굶어 죽지 않기 위해 나는 아무 거라도 먹어야 했다.

H에게 더 용감하게 접근해 볼 수도 있었을 텐데 그쯤에서 내가 그만 주저앉아 버리고 만 것은 무슨 까닭에서였을까. 아마도 그녀의 얼굴이나 성품이 내겐 정말 천사처럼 맑고 거룩한 것으로 보였기 때문일 것이다. 나로서는 도저히 엄두가 나지 않았던 셈이다. P만 해도 내겐 조금 만만하게 보였기에, 아마도 미칠 듯한 추적이 가능했던 것 같다.

요즘도 대개의 우리나라 남자들은 섬뜩하리만치 요염하고 야한 여자를 싫어하는데, 그건 그런 여자를 싫어해서가 아니라, 그녀의 관능미가 겁나고—자기가 완전히 홀려 버릴지도

모른다는 두려움 때문에—또 정력에도 자신이 없어 도저히
덤벼들어 볼 엄두를 못내 그러는 것일 게다.

　아무튼 그래서 내 프레시맨 시절의 봄은 두 여자를 만나는
것으로 시작됐고, 그것이 청춘의 봄, 청춘의 열병으로 연장되
었다. P와의 만남은 2학년에 올라가면서부터 내 쪽에서 슬슬
시들해지기 시작했고, 결국 5월 축제를 마지막으로 헤어지게
되었다. 역시 첫사랑은 이루어지기 어려운 것인가 보다. 첫사
랑이란 결국 풋사랑이요, 처음으로 안경을 쓸 때 도수를 잘못
재고도 모르는 것처럼, 어정쩡하게 어지럽고 요상 망측하게
흐리멍덩한 채로 지나가 버리기 때문인 것 같다.

　지금은 P도 H도 모두 남의 아내가 되어 있다. 두 여자의 남
편들은 다 내가 아는 사람들이다. P는 라이벌이었던 L이 아닌
'한빛' 동아리의 다른 친구와 대학 졸업 직후부터 연애하여
결혼을 했다. 그녀는 결국 '한빛' 동아리를 통해 만난 세 번째
남자와 결혼에 골인한 셈이다. '3'이란 숫자는 역시 좋은 건가
보다. H 역시 졸업 직후 연대 선배와 만나 결혼을 했다. 그때
만 해도 대학 재학 중에 커플이 맺어지긴 어려웠던 것 같다.
　최근에 나는 두 사람의 가정을 각각 방문할 기회가 있어 새

삼 서글프면서도 달짝지근한 감회에 젖어들 수가 있었다.

봄, 봄, 봄, 청춘의 봄! 이성을 보는 눈이 아무리 어리고 미숙하다 할지라도, 그래도 청춘의 봄은 아름답다. 그 허망한 꿈과 무분별한 기대와 환상, 그리고 감상적인 눈물이 있어서 아름답다. 아, 지금의 나에게도 한 번 더 청춘의 봄이 찾아와 준다면 얼마나 좋을까.

나의 프레시맨 시절은 이렇게 지나갔다.

소년은 자라 청년이 된다

　나는 중·고등학교 때 꽤 여러 가지 과외 활동을 했다. 문학과 연극과 미술이 가장 주된 것이었는데, 그래서 대학에 진학할 때 전공학과를 택하는 문제로 상당히 고심을 했다.

　초등학교 때부터 내가 소질을 보인 것은 미술이어서, 상을 꽤 여러 번 탔다. 중학교에 들어가서도 주로 미술반에서 활동했는데, 2학년 때쯤부터 특별히 취미를 붙이기 시작한 것은 문학이었다. 물론 초등학교 시절부터 책을 많이 읽기는 했지만, 창작에 대한 열정을 깊이 가지지는 못했던 것이다.

　그런데 중학교 때 〈학원〉이라는 잡지(요즘의 학생잡지와는 달리 문학과 교양 중심의 문예지였다)에 시를 몇 번 투고한 것이 게

재가 되고, 특히 중학교 3학년 때 제9회 학원문학상(1년에 한 번씩 갖는 전국 중·고등학생 대상의 문예 콩쿠르인데, 거기에 당선되는 것은 문학소년·소녀들의 선망의 표적이었다)에 「나이테」라는 시가 중등부 1등으로 당선되면서부터 창작에 대한 불붙는 열정을 갖게 되었다. 「나이테」는 1965년 작인데, 1989년에 시집 『가자, 장미여관으로』를 만들 때 수록해 넣었다.

그리고 고등학교 2학년 때는 연세대학교 주최 '전국 고교생 문학 콩쿠르'에서, 내가 쓴 시 「일과(日課)」가 시 부문 1등으로 뽑혔다. 역시 시집 『가자, 장미여관으로』에 수록해 넣었다.

연극은 고등학교 1학년 때부터 하기 시작했다. 그 이후로 대학원을 졸업할 때까지 나는 한 해도 빼지 않고 연극을 했다. 할 때마다 나는 내 크고 낭랑한 목소리 때문에 언제나 주연이었다. 대학원에 다닐 때는 체면상 연출을 맡았는데, 연기자들이 부러워서 죽을 지경이었다. 지금도 내 꿈은 내가 각본 쓰고 주연하고 감독까지 맡는 영화를 한 편 만들어 보는 것이다. 요즘 나는 연극보다는 영화에 더 관심이 쏠려 있다. 아무래도 연극은 한물 간 예술장르처럼 생각되기 때문이다.

당시 내가 다닌 대광중·고등학교는 특별활동을 장려하는 학교였는데(그래서 나는 지금까지도 내가 대광중·고등학교를 다닌 것을 큰 행운으로 생각하고 있다. 만약 오로지 공부만 시키고 예술 활동을 말리는 학교에 다녔더라면 내 예술적 상상력은 상당히 방해받았을 것이기 때문이다), 해마다 연극 공연, 미술 전람회, 그리고 음악회를 대대적으로 개최할 정도로 예술교육에 열성적이었던 것이다.

고1 때는 스웨덴 작가 라게르크비스트의 〈바라바〉라는 작품에 출연했고, 고2 때는 〈붉은 조수(潮水)〉라는 작품을 했는데 극본까지 내가 맡았고 또 연기자로도 출연했다. 그리고 고3 때는 윤대성의 〈출발〉이었다.

물론 틈틈이 교지도 만들고 그림도 그렸다. 교회에서는 또 성가대 활동까지 했다.

그러다보니 대학에 진학할 때 나는 심각한 고민에 빠졌다. 과연 무슨 학과를 선택해야 하느냐 하는 문제였다. 결국 문학을 전공하기로 하고 국문학과에 진학하기로 결심하긴 했으나, 집에선 국문학과 입학을 적극 말리는 것이었다. 너무 배고픈 학과라는 것이다. 그러니 의과대학에 가라고 권했다. 나는 수학에도 꽤 자신이 있었으므로, 한동안 의대 진학에 대한 미련을 갖게 되었다.

왜냐하면 그때 내가 감명 깊게 읽은 소설이 러시아 작가 보리스 파스테르나크의 『의사 지바고』였기 때문이다. 지바고는 의사이면서도 시인으로 나온다. 그래서 나는 흰 가운을 입고 아픈 사람의 병을 치료해 주면서 취미로 시를 쓰면 얼마나 좋을까 하는 생각에 빠져들었다. 그러나 다른 한편으로 생각해 보니, 파리 한 마리도 못 죽일 정도로 마음 약한 내가 어떻게 사람 시체를 해부하나 하는 걱정이 앞섰다.

그 다음에 생각해본 것이 미술대학이었다. 미술에 대한 취미도 있었지만, 미술을 하는 사람들이 문학을 하는 사람보다 아주 멋져 보였기 때문이다. 특히 미대 다니는 선배들의 퇴폐적이고 자유분방한 기질이 참 근사해 보였다. 그리고 문학보다는 미술 쪽이 훨씬 골치를 덜 썩히는 예술장르라고 생각되었기 때문이다. 그러나 미술은 너무 육체노동이 많이 들고, 돈도 많이 드는 장르여서 결국 단념하고 말았다.

그래서 이럭저럭 나는 국문학과로 진학할 생각을 굳혔고, 다행히도 연세대학교 입학시험에 합격할 수 있었다. 그러나 대학에 들어가서도 내 헛갈림은 계속되었다. 대학을 다닐 때까지는 좋았으나 막상 졸업한 뒤에 뭘 해야 하나 하는 걱정이 생겼다.

처음엔 매스컴 방면으로 진출해 보려고 했다. 기자라는 직업이 상당히 멋있게 여겨졌기 때문이다. 그러나 기자는 너무

바쁘고 피곤한 직업 같아서 단념하고, 교사가 되려고도 해보았다. 물론 직업과는 별도로 문학가가 되려는 생각에는 변동이 없었지만, 금방 전업(專業) 작가가 되기는 어려우므로 우선 직업을 가져야 할 것 같았던 것이다.

그런데 가만히 생각해보니 나는 몸이 꽤 약한 편이라 이도저도 할 것 없이 그저 선생 노릇 하는 게 제일 낫다는 생각이 들었다. 다행스럽게도 나는 목소리 하나만은 꽤 큰 편이고 잘 지껄여대는 쪽이라서 선생이 가장 적합하다고 판단했다. 우물 안 개구리 식으로 안주(安住)하기엔 가장 안성맞춤인 직업이 선생이기에, 나처럼 게으르고 사람 교제에 서투르면서 움직이기 싫어하는 사람한테는 우선 알맞은 직업인 것 같았다.

선생으로 일단 정해 놓고 보니 더 욕심이 생겨 이왕이면 대학원까지 가서 대학 교수가 되고 싶었다. 그래서 난 대학원에 진학했고 그럭저럭 대학 교수가 되어 지금까지 지내오고 있다.

내가 이토록 장황하게 나의 전공 및 직업선택 과정을 늘어
놓은 까닭은, 이 글을 읽는 젊은이들에게 조금이라도 도움을
주기 위해서이다. 진학 결정이나 진로 결정을 남들의 의견에
귀 기울이지 말고 어디까지나 자기 판단에 의해서 하라는 뜻
에서다. 이때 가장 중요한 문제는 '자기 판단'의 기준을 과연
어디에 두어야 하느냐 하는 문제다. 내 생각엔 그 기준이 '자
신의 취미'와 '자신의 체질적 적성이나 버릇'에 기초해 있어
야 할 것 같다.

사람들이 보통 좋다고 하는 법대나 상대나 의대라 할지라
도, 자기의 취미나 체질에 안 맞으면 합격해 봤자 공부를 잘
할 수 없다. 또한 무조건 대학에 합격하고 보자는 식으로 점
수에 맞춰 아무 과에나 마구 입학해서도 안 된다. 어느 대학
이냐 보다도 어느 학과냐가 더 중요하다.

나는 대학원에 입학할 때도, 대학 교수가 되어 학자로서 많
은 연구업적을 남겨 이 세상에 도움을 주겠다는 '거창한 포
부'가 동기로 작용하지 않았다. 그저 대학 교수가 가장 편한
직업(물론 돈을 많이 벌 수는 없지만)일 것 같아서 진학했을 뿐이
다. 말하자면 나의 욕망에 솔직했다고나 할까?

하느님은 이런 야(野)한 기도를 들어주신다. 입으로는 '평
화', '이웃 사랑', '자기희생' 따위를 떠들어가며 기도를 하면

서도, 마음속으로는 세속적 욕망의 성취를 기원하고 있다면, 하느님도 헷갈리셔서 "저놈이 진짜로 원하는 게 뭔지 도무지 모르겠군" 하며 외면하는 것이다. 솔직한 기도, 개인주의적 이기심에 의한 순진무구한 기도는 언제나 성취된다는 게 내 생각이다.

자기의 취미를 전공으로 삼고, 자기의 욕망과 '체질적 특성'을 잘 결합시켜 직업선택을 할 수 있을 때, 그 사람은 어느 정도 성공적인 삶을 살아갈 수 있다. '남 보라고' 살아서는 안 된다. 내가 편한 대로, 내가 재미있어 하는 쪽을 좇아 살아가야 하는 것이다.

그 시절 여름은 그렇게 갔다

원래가 갈비씨인 나는 대학 시절에 여름을 무척 싫어했다. 몸이 약한 편이라 여름을 타기 때문이기도 하지만, 여름철에는 빈약하기 짝이 없는 내 몸뚱어리를 옷으로 커버할 수가 없었기 때문이다. 겨울엔 그래도 옷으로 깡마른 내 몸을 가릴 수가 있다. 그러나 여름엔 그것이 도저히 불가능하다. 에어컨이 가동되는 시원한 도서관에서 한여름을 보낼 수 있었다면 매일같이 양복이라도 입고 앉아 있을 수 있겠지만, 선풍기 하나만 갖고 그 무더운 삼복더위를 지내려니 옷맵시고 뭐고 그저 헐렁한 셔츠 바람으로 갈비를 온통 노출시킨 채 지낼 수밖에 없었다. 말하자면 내 몸매에 대하여 자포자기의 심정이 돼

버리고 말았던 것이다.

그래서 여름은 나에게 있어 '외로운 계절'이었다. 흔히들 가을을 고독의 계절이라고 말하지만 나한테는 그렇지 않았다. 가을과 겨울엔 두둑하게 옷을 차려입고 나서면 내 풍채도 웬만큼의 볼륨을 갖추게 되어, 연인과 데이트를 하다가도 어느 정도 포근한 포옹을 해줄 수 있지만, 여름에는 포옹을 해줄 자신이 도무지 없어졌던 것이다.

그 시절 유행했던 가요 중에 〈사랑은 계절 따라〉라는 노래가 있었는데, 그 노래 가사의 내용과 나의 러브 스토리는 그대로 들어맞는다. "겨울에 만난 사람, 여름이면 떠나가네……"라는 가사 그대로 내 경우에도 겨울에 만난 연인이 여름에 도망가는 일이 많았다. 겨울엔 두툼한 오버코트를 걸치고 만나니까 그래도 믿음직해 보였는데, 여름에 보니 너무 앙상한 갈비씨에 도무지 남자다운 기운(벌판 같은 가슴이 있어야 거기에 폭 안길 수 있을 게 아닌가)이라곤 눈곱만치도 찾아볼 수가 없으니 그만 정나미가 떨어져서 도망쳤을 것이다.

애인이 보는 앞에서 우람한 몸매를 자랑스레 드러내며 수영을 해 보인다든가, 바닷가로 나가 수영 팬티 차림으로 하루 종일 서로 사랑을 속삭인다든가 하는 것은 나에겐 도무지 해당사항이 아니었다. 그러니 여름은 나에게 외로운 계절이 될 수밖에 없었다.

　더군다나 나의 외로움을 더욱 부채질하는 것은 여름철에
여대생들이 입는 섹시한 의상들이었다. 가뜩이나 주눅이 들
어 있는 나의 눈에는, 약 올리기라도 하는 듯 원색으로 된 노
출이 심한 옷을 입고 맨발에 샌들을 신고 으스대며 걸어가는
여성들의 발랄한 몸매가 늘 스쳐지나갔으니 말이다.

　어깨가 푹 파이고 고개를 숙이면 젖가슴이 다 드러날 정도
로 가슴을 깊게 판 윗도리를 걸치고 초미니스커트를 입고 걸
어가는 여자애들(기다란 손톱에는 빨간색 매니큐어, 기다란 발톱에는
파란색 매니큐어가 칠해져 있으면 더욱 미친다)을 보노라면 견물생
심(見物生心)이나 화중지병(畵中之餠)이라, 내 외로움이 더해질
수밖에 없었다.

　‘실존적 외로움’이니 어쩌니 저
쩌니 하며 외로움을 거창하
게 표현하는 이들이 많은
데, 외로움이란 것도 따
지고 보면 별것이 아니
라 결국 성욕을 못 푸는
데서 나오는 것이니 말

이다. 선정적인 모습의 여성, 관능적인 옷차림과 야한 화장을 한 젊은 여성을 보면 누구나 외로워질 것이다.

특히 나는 대학생이었던 관계로 여름철에 더욱 강한 외로움과 소외감을 경험하게 되었다. 젊은 여학생들이 건강하고 발랄한 표정으로 뛰어다니는 것을 보면 저절로 질투심이 났다. 젊음이란 정말 모든 것을 아름다워 보이게 만들어주는가 보다.

소위 '메이드 인 리어카'라고 불리던 100원짜리 싸구려 티셔츠 하나만 걸쳐도 조금도 궁기(窮氣)가 들어 보이지 않았다. 역시 리어카에서 파는 100원짜리 귀고리에 100원짜리 팔찌를 하고 깡충깡충 뛰어다니는 여학생들의 모습은 싱그러운 한여름의 녹음과 멋들어지게 어울렸다. 그들을 바라보고 있노라면 나 자신이 너무나 형편없이 늙어버린 것같이 느껴지고, 빨리 지나가는 내 청춘이 한없이 아쉬워졌던 것이다.

열렬히 사랑을 하기엔 내가 너무 말랐고, 너무 힘이 없어 보였다. 여름이 되면 오히려 기운이 쪽 빠져서 인삼차다, 삼계탕이다 하면서 겨우겨우 지탱해나가는 게 당시의 내 형편이었으니, 여름은 외로운 계절이라기보다는 나에겐 아예 '안 어울리는 계절'이었는지도 모른다.

대체로 봄은 사춘기, 여름은 청년기, 가을은 장년기, 겨울은 노쇠기로 비유되곤 하는데, 그렇게 본다면 나는 이제 '가을에 어울리는 나이'에 접어들어 버렸다는 생각이 들 정도였다.

　그러면서도 여름이 오면 계속 어쩌구저쩌구 외로움 타령이나 해대고, 지나가는 여대생들을 힐끔힐끔 바라보며 신경질적인 성욕을 느끼곤 했던 것은, 내가 그때까지도 주제파악을 못하고 있었기 때문은 아닌지 모르겠다.

어디 가야 할 곳이 있었나 보다

내가 첫사랑이었던 P와 헤어지기로 결심하게 된 결정적인 동기는 대학 2학년에 올라가자마자 만나게 된 S 때문이었다. S와 P를 비교해 보니 도무지 '게임'이 되지 않았던 것이다. P가 따뜻하고 자애로운 누나 같은 이미지의 여자였다면 S는 청순하고 순진무구한 이미지의 여자였다. 게다가 S는 그림책에서나 볼 수 있을 것 같은 얼굴을 한, 전형적인 절세미인형의 여자였던 것이다.

S를 만나게 된 것은 대학 동아리에서 만난 N의 소개 덕분이었다. N은 정말 착하디착한 여자였다. 그녀는 보통 여자들한테서는 찾아보기 어려운 탁 트인 마음씨를 지니고 있었는

데, 내가 아무리 짓궂은 농담을 해도 잘 받아 넘겨 줄줄 아는 화통하고 너그럽고 이해심 많은 여자였다.

지금 생각해 보니 그때 그녀는 나를 은근히 좋아하고 있었던 것 같다. 그러나 선머슴아같이 투박한 외모를 지니고 있었던 N은, 내가 가진 그 탐미적 여성취향과 '미색(美色) 밝힘증'을 재빨리 간파하고는—아니, 간파했다기 보다 '도저히 말릴 수 없다'는 것을 알고 나서는—그저 나와 친구로 지내는 것만으로 만족하려고 노력했던 것 같다.

나는 그녀에게 못할 말이 없었고(사랑을 느낄 수 없었기 때문에! 아, 슬픈 일이다. 사랑을 하게 되면 흉금을 터놓고 나누는 대화가 불가능하고, 사랑을 느낄 수 없는 상대하고는 오히려 솔직하고 친밀한 대화가 가능하다는 이 비정한 사실은!), 그녀는 언제나 내 투정 섞인 넋두리를 너그럽게 받아들여 주었다. 그리고 그녀는 나의 유별나고 괴상한 관능적 상상력과 황당무계한 낭만성(浪漫性)을 진심으로 이해하고 인정해 주었다.

내가 계속 칭얼칭얼 보채대며 나의 심각한 병인 '미색 밝힘증' 증세를 하소연하자, 어느 날 그녀는 내게 이렇게 말했다.

"그처럼 예쁜 여자 타령을 해대는데, 내가 보기엔 내 고등학교 동창 S정도면 아마 광수씨 마음을 사로잡을 만할 거유. 개는 고등학교 때부터 유명했으니까. 〈여학생〉 잡지의 표지모

델로도 나간 적이 있고, 영화감독이 매일 쫓아다닐 정도였어
요."

　그러면서 N은 S의 얘기를 꺼냈다. 그녀는 S와 꽤 친한 모양
이어서 S가 청계초등학교를 나왔다는 것까지도 말해 주었다.
그런데 나도 마침 청계초등학교 출신이었다. 나와 S가 동창관
계가 된다는 것부터가 아주 기묘한 인연의 출발점이라고 생
각되었다. 그런데 아무리 생각해 봐도 S의 생각이 잘 나질 않
았다. 청계초등학교는 4학년 때부터 남자 반과 여자 반으로
나뉘어 수업을 받았던 관계로, 여자 앞에서 꽤 수줍음을 타는
나로서는 초등학교 동창 여학생들과 졸업 후 별로 연락이 없
었다. 그래서 대학생이 된 뒤까지 기억에 남아 있는 여자애가
거의 없었던 것이다. 하여간 S에 대한 N의 설명만으로도 나
는 흥분해 버렸고 벌써부터 가슴이 울렁거렸다.

　S와 내가 만나기로 약속한 장소는 종로 2가의 '가을' 카페
였다(N은 중간에서 약속 시간과 장소만 연락해 주고 자기는 빠졌다. 참
눈치 빠른 여인이었다).

　'가을' 카페에는 내가 먼저 도착했다. 혼자 앉아서 S가 올 때
까지 기다리는 동안, 나는 만감(萬感)이 교차하는 것을 느꼈다.

　'N이 그토록 칭찬을 했는데 S가 과연 N의 말만큼 아름다

울까? 아무리 생각해 봐도 초등학교 다닐 때 S의 미모에 대한 얘기를 들어본 기억이 없는데……. 에라, 아예 미리 실망해 두자. 제까짓 게 얼굴이 예쁘면 얼마나 예쁠라고…….'

이런 식으로 생각을 발전시켜 가며 마음을 굳게 먹으려고 노력했는데, 그렇게 미리 내 마음속에 예방주사를 놓은 이유는, S가 막상 정말로 기막히게 예쁘면 어떡하나 하는 걱정이 앞서서이기도 했다. 어떤 여자한테 첫눈에 진짜로 홀딱 반해버린다는 것 자체가 내게는 두렵고 성가신 일이기 때문이었다.

사랑을 성취시키기 위해 소모해 버려야만 하는 그 엄청난 에너지와 열정이, 심약(心弱)한 나에게는 정말 견디기 힘든 스트레스요 노동일 수밖에 없었다.

점점 시들해져 가는 P와의 만남이 내게 그런 생각을 품게 해줬는지도 모른다. 그토록 온갖 정성과 순정을 다 바쳤음에도 불구하고, P의 정체가 내가 바라던 여자, 즉 예쁜 여자거나 야한 여자거나 둘 중 하나가 아니라는 사실에, 나는 그만 맥이 풀려 있던 참이었다. 점점 더 내게 다정하게 해주고 은근히 나를 사랑하며 의지하기 시작한 것처럼 보이는 그 즈음의 P의 태도가, 나를 더욱 짜증스럽고 부담스럽게 만들어 주고 있었다.

남인수가 부른 〈청춘고백〉이라는 노래의 가사처럼, '좋다 할 땐 뿌리치고, 싫다 하면 매달리는 식'의 그런 변덕스런 사랑의 방정식이 적용돼서가 아니었다. 나는 P에게서 싫증과 권태를 느끼고 있었던 게 아니라, P가 전혀 내가 바라던 이상형의 여자, 즉 처음 보자마자 첫눈에 확 빨려 들어갈 만큼 예쁘거나 관능적 매력을 지닌 여자가 아니라는 사실을, 그녀와의 지속적인 만남을 통해 거듭거듭 확인하고 말았기 때문이다.

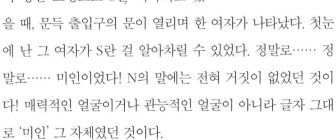

엄청난 기대감과 함께 엄청난 실망감을 미리 마련해 놓고서 멍한 표정으로 S를 기다리고 있을 때, 문득 출입구의 문이 열리며 한 여자가 나타났다. 첫눈에 난 그 여자가 S란 걸 알아차릴 수 있었다. 정말로…… 정말로…… 미인이었다! N의 말에는 전혀 거짓이 없었던 것이다! 매력적인 얼굴이거나 관능적인 얼굴이 아니라 글자 그대로 '미인' 그 자체였던 것이다.

그녀는 우선 피부부터가 남달랐다. 처음 그녀의 얼굴을 한 번 흘끗 본 순간, 나는 그녀의 얼굴이 온통 하얀 분가루로 뒤

덮여 있는 것처럼 보여 속으로 이런 생각을 했다. '고등학교 때부터 얼굴로 날렸다더니, 어린 나이에 벌써부터 화장을 많이도 했구나'하고 말이다. 내가 그렇게 생각할 만큼 그녀의 얼굴은 하얀색 파운데이션을 두껍게 바르고 그 위에 다시금 곱게 분가루를 먹인 것처럼 보였다.

내가 손을 들어 그녀에게 아는 체를 하자 그녀는 금세 날 알아본 듯(초등학교 때부터 난 학교 안에서 쬐끔 유명했다) 환하게 웃으며 내가 앉아 있는 테이블 쪽으로 걸어온다. 그녀가 차츰차츰 내 쪽으로 가까이 다가오자, 나는 그녀의 얼굴에 아무것도 발라져 있지 않다는 것을 알 수 있었다.

먼발치에서 S를 봤을 때 그녀의 얼굴이 온통 분가루로 뒤덮인 것처럼 보였던 것은 단지 얼굴 피부색깔 때문만은 아니었다. 그녀의 까만 눈썹과 빨간 입술이 너무나 선명하게 내 눈에 들어와, 모델처럼 진하게 화장한 얼굴이 틀림없다는 순간적 확신을 갖게 만들었던 것이다.

그런데 드디어 그녀가 내 맞은편 의자에 자리를 잡고 앉자, 나는 그녀를 처음 보자마자 느꼈던 놀라움보다도 더 큰 놀라움을 느끼지 않을 수 없었다. 그녀는 파운데이션뿐만 아니라 립스틱도, 눈썹먹도 칠하지 않고 있는 게 분명했다. 그녀는 정말로 '전혀' 화장을 안 하고 있었던 것이다!

지금까지도 나는 S의 얼굴만큼 예쁘게 생긴 여자를 만나보지 못했다. 입술에 립스틱을 안 칠해도 마치 진하게 립스틱을 바른 것처럼 선명한 붉은 빛이 돌고, 눈썹에 아무것도 칠하지 않고 다듬지도 않았는데도 눈썹 모양이나 색깔이 꼭 그림을 그려놓은 것처럼 또렷한 여자……. 게다가 그 눈썹 밑에선 칠흑같이 검은 눈동자가 커다란 눈망울 속에서 초롱초롱 빛나고 있다…….

S는 정말 말로만 듣던 진정 '그림 같은' 미인이었다. 그녀의 얼굴 피부색깔을 뭐라고 표현해야 할까……. 흔하디흔한 비유대로 우윳빛이라고 표현할 수밖에 없겠다. 마치 어린 아이의 피부처럼 야들야들하고 속이 비쳐보이리만치 투명했다.

나는 여자를 볼 때마다 코를 먼저 보고, 얼굴 말고 다른 부분에서는 손가락과 손톱을 먼저 본다. 이런 취향은 아마 나의 나르시시즘과도 관련이 있는지도 모르겠다.

나는 워낙 말라빠진 몸매이고 얼굴도 절대로 잘생긴 편이 못 되는데, 내 전신 가운데서 그래도 여자들로부터 섹시하다고 평을 듣는 부분은 오로지 손과 코, 이 둘뿐이기 때문이다. 나는 꽤 긴 손가락을 가지고 있고(아직까지 나보다 긴 손가락을 가진 남자나 여자를 만나보지 못했다) 한국사람 치고는 꽤 높은 코를 가지고 있다.

그녀는 나만큼이나 좁고 갸름한 손가락을 갖고 있었다. 그리고 키도 후리후리하고 헌칠했다. 그녀의 코는 정말 완벽하리만큼 아름다웠고, 또 섹시했다. 콧등이 너무 세게 앞으로 나와 있지도 않았고, 너무 옆으로 퍼져 있지도 않았다. 그렇다고 코끝이 안으로 구부러진 매부리코도 아니었다.

넓지도 좁지도 않은 콧방울이 적당한 너비와 경사를 이루고 있어 정말 보기 드문 코라고 생각했다. 게다가 그녀의 콧구멍 역시 천하일품이어서, 곧추선 타원형 모양의 좁다란 콧구멍이 약간 위로 들려 엿보이는 것이 그것을 보는 사람에게 뭔지 딱 꼬집어 말할 수 없는 신비한 느낌을 갖게 만들어 주었다. 착하면서도 똑똑한 여자, 그러면서 또한 관능적 백치미를 간직하고 있는 듯한 인상을 주었다고나 할까.

코뿐만이 아니라 그녀의 입매나 눈매도 퍽 매력적이었다. 입술의 가로 길이가 크지 않으면서 앞으로 약간 도톰하게 튀어나온 것이 더욱 절묘한 아름다움을 느끼게 했다. 눈매도 마찬가지. 그리 큰 눈이 아닌데도 그녀의 눈동자엔 뭔지 모를 냉소주의자의 눈빛과, 우리나라의 전통 미인들이 가지고 있는 지극히 착하면서도 동시에 여성 특유의 지혜로움을 느끼게 해주는 맑고 초롱초롱한 눈빛을 한데 아울러 가지고 있었다.

그날 S와 어디 가서 무슨 얘기를 나눴는지 잘 기억이 안 난다. 덕수궁(그때는 늘 야간에도 개방했다)에 들어갔던 것 같기도 하고 남산의 오솔길을 산책했던 것 같기도 하다. 나는 그녀의 미모에 넋을 빼앗기고 있었고, 꿈속에서나 그리던 행운이 졸지에 찾아온 것이 너무나 신기하고 대견스러워 그저 감격스러울 뿐이었다. 아무리 초등학교 시절을 생각해 봐도 S의 기억이 나지 않았다. 아마 1, 2, 3학년 3년 동안 한번도 같은 반이 돼 본 적이 없었던가 보다.

S는 그토록 휘황찬란한 미모에도 불구하고 마음씨가 착하고 여린 여자였다. 그래서 그런지 그녀는 그때 심한 열등감에 시달리고 있었다. 그녀는 전기(前期) 대학 입시에 실패하여 인천에 있는 어느 후기(後期) 대학에 다니고 있었는데, 그때만 해도 인천은 기차로만 갈 수 있는 아주 먼 곳이었는지라 그녀의 콤플렉스가 심할 수밖에 없었다. 그해 5월쯤엔가 내가 멋모르고 그녀를 연세대학교 '문학의 밤' 행사에 초대하자(나도 출연하여 내 시를 읽었으므로) 그녀가 마지못해 참석하고 나서는 왠지 모르게 야릇한 표정이 되어 시무룩해 하던 일이 생각난다. 여자를 다룰 줄 몰랐던 나는 그런데도 계속 연세대학교 자랑만 해대어 그녀를 실망시켰던 것이다.

그때나 지금이나 난 정말 여자들에게 '정 떨어지는 남자'인 것 같다. 어린애처럼 칭얼칭얼 보채대는 것까지는 귀엽게 봐줄 만한데, 여자를 포근히 감싸주며 보호해 주지도 못하는 주제에 사디즘이 어떻고 마조히즘이 어떻고 해가며 곧 죽어도 남자라고 사디스트 짓을 하려고 드니 말이다.

내 가슴은 벌판 같은 가슴이 아니라 깔때기 같은 가슴이라서 여자를 푸근히 포옹해줘 본 적도 없다. 어쩌다 의무적으로 드라마틱한 연기를 해가며 젖 먹던 힘까지 동원해 포옹할라치면, 여자의 가슴을 으스러지게 껴안아 주는 게 아니라 내 가슴이 먼저 으스러지

는 난리를 한바탕 치러야만 한다.

S와 같이 갔던 안양 유원지도 생각난다. 털털거리는 버스를 타고 유원지 입구에서 내려 한참을 걸어 올라가면 관악산 등산로가 나오는데, 나는 그녀의 좁은 보폭(步幅)을 무시한 채 설레설레 걸어 올라가 염불암(念佛庵) 있는 곳까지 갔다. 학생 때라 돈이 없어 소주 한 병에 안주 조금 사가지고 숲 속에 주

저앉아 나 혼자 술을 마시며 주책없이 지절거려 대었다. 제대로 포옹 아니 키스 한번 해주지 않고 들입다 유식(有識) 자랑만 늘어놓는 내가, S로서는 한없이 얄미웠을 것이다.

왜 그땐 그리도 용기가 없었는지……. 소싯(少時)적부터 음란서적을 그리도 많이 읽었건만, 실행에 옮기는 데 있어 난 영락없는 숙맥이었다.

그녀는 2학년 초가을 때쯤 해서 나한테서 도망쳐 버렸는데, 지금 생각해 보면 전혀 남자답지 못한 무기력한 육체와 입만 나불거려대는 잔망스런 지성(知性)이 한데 합쳐 상승작용을 해 가지고 그녀를 실망시켰기 때문이 아닌가 한다.

대학 1학년 때 만난 P만 해도 나이도 나보다 위고 성품도 모성애 체질이라 여자 쪽에서 오히려 나를 보호해 주고 쓰다듬어 줄 수 있었지만, S의 경우는 정반대였던 것이다. 그녀가 갖고 있던 열등감 섞인 외로움과 미녀 특유의 관능적 센스는 '토론'보다 '육체언어'를 원했을 것이다. 그리고 또 자기를 포근히 끌어안고 쓰다듬어 줄 수 있는 보호자를 원했을 게 틀림없다. 그러니 계속 이빨만 까대는 나 같은 허약한 모범생이 결국 그녀에겐 '영 아니올시다'일 수밖에 없었다.

그녀가 마지막으로 보낸 편지를 나는 잊을 수 없다. 말하자면 '절연장(絶緣狀)'이었는데, 어찌나 따뜻한 말투로 씌어 있었던지 나는 통 그녀의 속마음을 파악할 수가 없었다. 아무래도 자기가 나에겐 안 어울리는 상대이니 사랑하는 관계로까지 발전하는 건 무리일 것 같다는 내용이었는데, 차근차근 또박또박 정성스러운 말씨로 이어져 있었다. 그러고 나선 그만 이별이었다. 그녀는 내 전화를 받지도 않았고, 편지에도 응답이 없었다.

아무리 애써도 그녀를 만날 수 없게 되자 나는 S의 집을 찾아가 보았다(나는 주소 가지고 여자 집 찾는 데는 귀신이다). S는 데이트가 끝난 뒤 내가 그녀를 바래다 줄 때면 자기 집 앞까지 가지 않고 언제나 버스 정거장에서 나를 돌아가게 했다. 그래서 나는 묻고 물어(복잡한 골목으로 돼 있는 동네에서 집을 찾으려면 복덕방 아저씨한테 물어보는 게 최고) 그녀의 집을 찾아 대문을 두드렸다.

문을 열고 나온 그녀의 어머니는 우선 그 무식하게 못생긴 얼굴이 나를 실망시켰고, 더 이상 내 딸을 괴롭히지 말라는 퉁명스런 협박과 문전박대 또한 내 자존심을 비참하게 했다. 그녀가 살고 있는 집은 마치 구중궁궐 속의 여인 같은 그녀의 얼굴 생김새에 비해 너무나 초라했다.

그녀의 집이 있는 동네는 후암동이었다. 그 뒤로 나는 매일 저녁마다 용산고등학교 맞은편에 있는 버스 종점 부근을 하염없이 서성거렸다. 그녀와의 우연한 상봉에 희망을 걸었던 것이다. 그러나 그녀는 도무지 나타나 주지를 않았다.

지금도 그 후암동 버스 종점 부근의 풍경이 선명한 영상의 화면으로 내 기억 속에 떠오른다. 일본 강점기 때 지은 일본식 집이 많이 들어서 있는 후암동의 저녁 어스름은 나를 왠지 모를 향수와 그리움으로 이끌어 갔다.

길게 이어진 미군부대 담벼락과 담벼락 뒤로 삐죽이 솟아올라 있는 포플러 나무들. 그 나무들은 땅거미 짙어오는 저녁 무렵이면 뉘엿뉘엿 넘어가는 저녁노을과 함께 더욱 짙푸른 빛깔로 어우러져, 흡사 짙게 화장한 콜걸 같은 서글픈 퇴폐미를 내게 안겨 주곤 했다.

저녁마다 틈만 나면 그런 식으로 후암동 버스 종점 부근을 헤맨 지 한 달쯤 지난 어느 날, 나는 동아리 집회가 끝난 뒤 다방에서 가진 애프터 미팅 자리에서 N으로부터 청천벽력 같은 소식을 듣게 되었다. S가 죽었다는 것이다!

염세자살이라고 했다. 정말 안됐다는 표정으로, 그리고 S에 대한 미련스런 열정에 비해서는 형편없이 졸렬했던 나의 '여자 마음 헤아리기'와 '여자 다루는 법'을 책망하는 듯한 어조로, N은 내게 S의 자살얘기를 해주었다.

나는 그 말을 듣고 처음엔 그저 어안이 벙벙할 뿐이었으나 차츰 부끄럽고 창피해져서 쥐구멍이라도 있으면 기어들어가고 싶은 심정이 되었다. N은 S를 연결시켜 준 뒤로 내게 한 번도 경과보고를 요구해 오지 않았다. 그러나 그녀의 영민한 두뇌는 그때그때 내 얼굴표정만 보고서도 둘 사이의 관계가 어떻게 발전돼 가고 있는지 알아차리고 있었던 것 같다.

아! 그때 내가 그녀를 힘껏 껴안아 주기라도 했더라면……. 아니 용감하게 키스라도 해줬더라면……. 그러면 이렇게까지 되진 않았을 텐데……! 별의별 생각과 후회가 내 머릿속을 폭풍처럼 강타해 왔지만 이미 돌이킬 수 없는 일. 나는 계속 멍한 표정으로 앉아 있을 수밖에 없었다.

미인박명이라더니, 하필 그녀에게 그런 불행이 찾아올 줄이야! 자살이건 타살이건 죽는다는 건 매한가지. S의 죽음은 그녀에게 원인과 책임을 돌릴 성질의 것이 아니라 오로지 그녀의 운명과 팔자가 책임질 수밖에 없는 것일 터이다.

지금도 내 눈 앞에는 S의 그 투명하리만치 희고 고왔던 우윳빛 피부와 착하고 따뜻한 미소, 그러면서도 어딘지 모르게 가을 같은 우수(憂愁)가 스며 나왔던 눈동자가 어른거린다. 내

가슴에 충격적인 파문을 남기고 사라져간 그녀의 아름다운 이미지가 내 청춘시절을 새삼 그리워지게 한다.

만약 그녀와 나의 관계가 열렬한 연인 사이로 발전했더라면 어떻게 되었을까. 아마도 결국 헤어질 수밖에 없었을 것이다. 그리고 그 헤어짐은 '아름다운 이별'이기보다는 '권태 끝의 이별'이거나 '피로(疲勞) 끝의 이별'이 됐을 가능성이 크다.

그러나 그녀는 죽어서 나와 이별했기에, 내 가슴속에 권태나 피로가 아니라 아련한 추억만을 남기고 갔다. 그녀는 너무 이른 나이에 죽은 '못다 핀 꽃 한 송이'이기에, 혹시나 한 맺힌 원귀(寃鬼)가 되어 이승과 저승 사이를 아직도 헤매 다니고 있는 것은 아닐까.

인생이 어렵고 더럽다고 엄살떨며 투덜거리면서도, 나는 아직껏 질깃질깃 살아가고 있다. 그러고는 한 술 더 떠 그녀의 죽음을 이용하여 어쭙잖은 글을 쓰며 사치스런 감상조(感傷調)의 쾌감에 빠져들어 간다. 그녀는 다만 무덤 속에서 움츠리고 떨며 차디찬 침묵으로 응답할 뿐……. 아, 죽은 자는 억울하고, 죽은 자는 말이 없다.

그 바람둥이 여자 생각

　나는 최근 들어 "사랑해서 섹스하는 것이 아니라 섹스해서 사랑하게 되는 것이다"라는 말을 자주 되풀이하여 내 글에 쓰는 경우가 많다. 그런 의미에서 볼 때 섹스(물론 여기서 말하는 섹스는 단순히 삽입성교만을 의미하지 않고 오럴 섹스나 SM 섹스 등 다양한 헤비 페팅(Heavy petting)의 의미를 더 강하게 띠고 있다)를 하지 않고 그냥 정신적으로만 사랑했던 여인들은 일단 '사랑'의 범주에서 제외시켜야 한다고 본다.

　내가 처음으로 '삽입성교를 해서 사랑하게 된 여인'은 대학 3학년 가을에 만난 B였다. 그녀는 나보다 1년 아래인 2학년으로 서울의 E대학에 재학하고 있었다.

정말 우연한 자리에서 '운명적으로' 만난 여인이었는데, 그녀가 그 나이 때의 다른 여학생들에 비해 엄청나게 화장을 야하게 하고, 또 손톱까지 아주 길게 기르고 있어 나의 성욕을 급작스럽게 발동시켰다. 게다가 그녀는 아주 굽이 높은 킬힐을 신고 있었다!

예전부터 나는 손톱이 긴 여인을 무지무지하게 좋아했다. 어린 시절부터 지금까지 나의 머릿속을 떠나지 않고 맴돌며 관능적 상상력을 키워 준 것은 언제나 '긴 손톱'의 이미지였다. 손톱은 원시시대의 인류에게는 다른 동물의 경우처럼 일종의 가학적 무기였을 것이다. 그래서 비수처럼 날카로운 여인의 긴 손톱은 사디즘을 연상시킨다. 그러나 현대에 이르러서는 '가학적인 손톱'이 아니라 그로테스크한 '미학적인 손톱'이 되었다.

손톱이 길면 손 놀리기가 불편해진다. 그래서 싸움이 없어지고 평화가 실현된다. 이것을 나는 '유미적 평화주의'라고 부른다. 이제는 모조손톱이 나와 얼마든지 손톱을 길게 만들 수 있게 되었다. 거기에 '네일 아트'를 하면 금상첨화이다(여인의 길디긴 손톱에 긁히고 싶다).

가학적인 용도로 쓰이던 손톱이 이제 화사한 아름다움의

상징으로 변했다는 점, 그로테스크한 관능미의 심벌로 변했다는 점에서 나는 인류의 미래를 밝게 바라볼 수 있는 어떤 희망적인 예감을 얻는다.

　인간의 가학성이 미의식과 합치되어 아름다운 판타지로 승화될 수 있을 때, 진정한 인류의 평화, 전쟁이 없는 세계가 건설될 수 있다. 주관과 객관, 감정과 사상, 관념과 사물의 대립을 지양하고 그것을 생동감 있게 통일시킬 수 있는 근원적 에너지가 바로 '판타지'에 간직되어 있기 때문이다.

　관능적인 아름다움과, 관념적 사랑이 아닌 성애적(性愛的) 사랑이 합치될 수 있을 때, 우리는 이데올로기의 질곡에서 벗어나 개개인의 당당한 쾌락추구에 기초하는 진정한 평화와 행복을 이룰 수 있을 것이라고 나는 믿는다.

　누구나 잘사는 사회, 누구나 스스로의 야한 아름다움을 나르시시즘으로 즐길 수 있는 사회를 만들어야 한다. 모든 사람들이 '괴로운 노동'으로부터 해방되어, '즐거운 노동', 이를테면 화장이나 손톱 기르기 등을 통해 자신의 아름다움을 가꾸는 노동에서 진짜 관능적 쾌감을 얻을 수 있도록 구체적인 해결책을 모색해 봐야 할 것이다. 따라서 유미주의에 바탕을 둔 쾌락주의, 또는 탐미적 평화주의가 요즘의 내 신조라면 신조라고 할 수 있다.

즐거운 권태와 감미로운 퇴폐미의 결합을 통한 관능적 상상력의 확장은 우리의 사고(思考)를 보다 자유롭고 풍요롭게 만들어 준다. 인류의 역사는 상상을 현실화시키는 작업의 연속이었다. 꿈이 없는 현실은 무의미한 것이고 꿈과 현실은 분리되지 않는다. 꿈은 우리로 하여금 현실적 실천을 가능케 해 주는 원동력이 되어 주기 때문이다.

　그래서 나는 그녀가, 천천히 뜸 들여가며 '정신적인 사랑'을 위장하고서 접근해 가지 않아도 되는 '야한 여자'라는 것을 금세 간파했다. 그리하여 우리는 금세 서로 죽이 맞아 가지고 술을 함께 거나하게 마신 후(그때만 해도 여대생 가운데 술을 많이 마시는 애들이 드물 때라 나는 그녀의 대단한 음주량만 보고서도 깊이 감동했다) 곧바로 여관으로 직행했다(그때는 모텔이라는 곳은 없고 모두 여관이었다).

　나는 그때나 지금이나 진정한 성기는 자지나 보지가 아니라 혓바닥이라고 굳게 믿고 있는 사람이다. 게다가 미혼 시절에 엉겁결에 하게 되는 삽입성교는 곧바로 임신을 유발할 수 있어 남녀가 피차 괴롭게 된다. 남자가 콘돔을 끼고 성교를 하면 포근한 살갗의 감촉을 맛볼 수 없어 남녀가 둘 다 진짜 오르가슴을 맛보기 어렵다.

　여관방에 들어가자마자 우리는 먼저 거추장스러운 옷부터 훌러덩 벗어제끼고서, 진짜로 진한 성희(性戲)에 몰두했다. 그러다가 얼떨결에 성교(性交)에까지 가게 됐는데, 그야말로 이심전심(以心傳心)이란 말 그대로였다. 만나자마자 서슴없이 보지를 내어준 그녀의 대담한 야인정신(野人精神)과 섹시한 매력에 나는 푹 빠져 들었다.

　남녀가 둘이 만나자마자 서로 동시에 섹스로 빠져든다는 게 나는 통속적인 연애소설에서나 나올 수 있는 해프닝으로 보였는데, 우리가 바로 그런 드라마틱한 연애의 소용돌이 속으로 정신없이 빠져들게 된 것이다. 그것을 가능하게 한 것은 역시 '섹스(넓은 의미에서)'의 위대한 힘이었다.

요즘 젊은이들에게, 내가 대학 3학년 때인 1971년은 무지 무지하게 고리타분한 옛날로 여겨질 것이다. 하지만 실제로 1970년대를 젊은 상태로 살았던 내가 보기엔 오히려 요즘 2010년대가 고리타분하게, 다시 말해서 전혀 안 야하게 느껴진다.

　나는 1969년에 대학에 입학했는데, 당시는 세계적으로 프리섹스의 열풍이 거세게 몰아닥칠 때였다. 프랑스 젊은이들이 일으킨 68혁명의 여파가 한국에도 큰 영향을 미쳤다. 당시는 프리섹스 운동뿐만 아니라 대중음악이나 팝 아트, 또는 전위연극 등에서 지금보다 오히려 더 야한 기운이 펄펄 끓어 넘쳤다.

　요즘 KBS TV 프로그램에 〈콘서트 7080〉이 여전히 건재하고 있는 것만 보더라도, 당시 대중음악이 얼마나 수준 높았는가를 알 수 있다. 'Hard Rock' 음악의 최전성기가 바로 1970년대였고, 한국의 TV방송에서 대단한 인기를 누렸던 〈대학가요제〉 중 지금까지도 계속 리메이크되고 있는 곡들이 출현한 것도 1970년대였다. 예를 들자면 구창모의 〈어쩌다 마주친 그대〉나 심수봉의 〈그때 그 사람〉, 샌드페블즈의 〈나 어떡해〉 같은 노래들이 그렇다.

　요즘에도 〈대학가요제〉가 계속 치러지고 있지만, 1970년대 때 대학가요제에서 입상했던 노래만한 수준의 곡이 나오는 것을 나는 보지 못했다.

　그 당시 첨단 예술이나 대학생 문화의 중심지 역할을 했던 곳은 명동이었다. 여러 '라이브 카페'가 명동에 자리 잡고서 신중현, 김민기, 송창식, 양희은, 윤형주, 펄 씨스터즈, 정훈희, 김추자 등 수많은 천재적 음악인들을 배출해냈다.

　내가 그때를 가장 못 잊어하는 이유 가운데 하나는, 당시 젊은 여성들이 입고 다녔던 섹시발랄한 전위적 패션과 짙은 색조화장이다. 요즘은 '쌩얼'이니 '투명 메이크업'이니 해가며 내숭을 떨어 대지만, 1970년대 당시엔 여자들이 일부러 과장적으로 티 나는 화장을 했다. 눈두덩에는 연두색이나 보라색 같이 튀는 색깔의 아이섀도를 칠했고, 뺨에다가도 짙은 장밋빛 볼터치를 했다. 그리고 파운데이션도 정말 두텁게 처발랐다. 당시에는 젊은 여자가 안 야한 옷을 입으면 '촌년' 취급을 받았고, 아무리 추운 겨울이라도 무조건 초미니 스커트였다.

　그런 추세에 발맞춰 요즘 유행하는 '원 나잇 스탠드'보다도 더욱 발악적인(그리고 허무주의적 퇴폐가 흐르는) 프리섹스가 연애문화의 흐름을 주도하고 있었던 것이다.

B와 나는 첫 만남 이후 참 자주 만났다. 만나서 길게 대화를 나누거나 토론을 벌인 적은 한 번도 없었다. 무조건 술집으로 가서 술을 마시고, 그 다음엔 여관이었다.

그때는 여대생들이 겉은 야하게 꾸미고 다니더라도 술은 많이들 못 마셨다. 그런데 B의 주량은 남자인 나를 능가할 정도였다. 그래서 보통 땐 주로 막걸릿집으로 갔고, 돈이 좀 생겼을 때는 맥줏집으로 갔다.

맥줏집 중에서 우리가 제일 자주 갔던 곳은 명동의 〈OB's Cabin〉이었다. 서구에서 막 들어온 첨단 음악이 흘러나왔고 일정한 시간이 되면 젊은 신세대 가수들이 직접 출연하여 노래를 불렀다. 생맥줏집이라서 값도 비싸지 않았다.

그렇게 명동에서 논 다음에 우리는 가까운 남산으로 올라가 남산 초입에 많이 있었던 여관으로 갔다.

그녀와 나는 주말이나 방학 때는 먼 곳으로 자주 놀러가기도 했다. 주말에는 서울역이나 신촌 기차역에서 교외선 열차를 타고서 송추, 일영, 장흥 같은 곳에 가서 1박 2일의 섹스를 즐겼고, 방학 때는 속리산, 해운대, 무주 구천동, 내장산, 낙산사 등으로 여행을 떠났다.

먼 곳으로 가서도 우리는 차근차근 경치를 감상한 적이 한 번도 없다. 무조건 방안에서 하는 '음란한 레슬링'으로 온 밤을 홀딱 새우는 일이 많았다.

특히 전주에서 버스를 타고 무주 구천동으로 가는 동안 눈이 엄청나게 내려서 찻길이 막힌 적이 있다. 할 수 없이 차에서 내려 어느 이름 모를 한촌(寒村)의 여관방에서 하루 24시간 내내 헤비 페팅을 즐겼는데, 눈이 너무 많이 쌓여 집 밖으로 나갈 수조차 없었기 때문이다.

그렇게 맹렬히 연애를 하다 보니 자연히 데이트 자금이 많이 들어갈 수밖에 없었는데, 다행스럽게도 그녀가 꽤 부잣집 딸이라 용돈을 풍부하게 쓸 수 있었고, 또 나도 고교생들 과외 지도를 많이 했기 때문에 그럭저럭 데이트 자금을 조달할 수 있었다.

B와 나는 그렇게 오로지 '육체관계'로만 2년 가까운 기간을 정신없이 해롱거리며 사귀었다. 그러니까 내가 대학을 졸업하고 대학원에 입학해 몇 달 될 때까지다.

그렇게 찰떡궁합이던 우리가 결국 헤어지게 된 것은(내 쪽에서 헤어지자고 제의했다), 그녀의 '마농 레스코' 같은 유별난 바람기 때문이었다. 나 말고도 그녀는 많은 남자들의 꼬심에 적당히 넘어가 주었고, 특히 나와 친한 친구의 꼬심에까지 넘어가 주는 것이었다.

　여자 문제에 있어서만은 '우정'이란 정말 믿을 게 못 된다는 것을 나는 그때 알게 되었는데, 나와 친한 친구 녀석 하나가 그녀를 보더니 맹렬하게 그녀를 공략했기 때문이다.

　B가 내 친구까지 따먹는 걸 보고서 나는 도저히 참을 수가 없었다. 그래서 울고 불며 잘못했다고 용서를 비는 그녀를 과감하게 차버릴 수밖에 없었던 것이다. 물론 쓰디쓴 입맛을 쩍쩍 다셔가면서.

PART **2**

★

스물 즈음,
길 위의 고민들

그네

나는 그네를 탔다
허공중에 매달려 있는 그네,
두 손을 하늘 높이 쳐들어
밧줄 양쪽을 잡고
늘어뜨려진 발판을 지탱해야 하는
이상한 그네
발판에 걸친 내 엉덩이의 무게보다
더 기운 센 버팀줄이 되기 위해
내 두 팔은 자꾸 하늘로 올라간다
저 구름에, 바람에, 태양에
별에
튼튼히 튼튼히 그넷줄을 매기 위해
안간힘을 쓰니까
그네는 내 체중을 모르는 채
자꾸자꾸 하늘로 치켜 올라갔다
두 팔을 계속 뻗치고만 있어 힘들지만
하늘로 솟구쳐 오르는 것이 재미있어
나는 자꾸자꾸
허공중에서
그네를 탔다

나는 왜 기독교인이 아닌가

　나는 대광중·고등학교를 나왔는데, 처음 입학하고 나서 보니 지독한 미션 스쿨이었다. 일주일에 두 번씩 전체 예배를 보고, 일 년에 서너 번 '심령부흥회'를 가졌다. 그리고 중1 때부터 고3 때까지 매 학기마다 〈성경〉 과목을 배워야 했다.

　나는 기독교라는 것이 무언지도 몰랐다. 나는 홀어머니의 외아들로 자랐는데, 어머니는 종교가 없는 분이었다(그 점에 대해 정말 너무너무 감사한다). 그래서 나는 부모의 강요로 기독교 신자가 된다든지 불교 신자가 된다든지 하는 억울한 종교의 화(禍)를 전혀 당하지 않았던 것이다.

　그런데 세뇌교육이란 참으로 무서운 것이어서, 중학교 때

기독교 교리를 거의 다 배우고 대광고등학교에 들어간 후 1학년 때부터, 나는 친구 몇몇의 권유로 교회에 나가게 되었다. 그리고 골수 크리스천은 아니지만 어느 정도 수준의 크리스천이 돼버리고 말았다.

　그 뒤로 나는 예수가 동정녀 마리아와 천사들의 합작(合作)으로 세상에 태어났다는 것을 믿게 되었고, 또 예수가 십자가에서 죽은 뒤 부활했다는 사실도 믿게 되었다.

　　　　　　　　그런 인연이 어느 정도 작용하여 나는 고교 졸업 후 같은 기독교 학교인 연세대학교에 진학하게 되었는데, 종교 교육방식이 중·고등학교 때와 똑같았다. 1학년 때부터 4학년 때까지 대강당에서 전체예배를 보았고, 예배에 출석 미달이 되면 졸업이 되지 않았다. 그리고 〈기독교개론〉 과목을 교양필수로 두 학기나 이수해야 했다. 그렇지만 나는 별 저항감 없이 학교 예배와 강의에 출석할 수 있었다.

그러다가 차츰 하나님에 대한 무조건적 복종과 인간 예수를 신(神)이라고 믿어야만 하는 기독교 교리에 회의가 일기 시작했다. 그리고 거기에 곁따라 기독교뿐만 아니라 불교, 이슬람교 등 모든 종교에 대해서 회의감을 품게 되었다. 그때 내가 만나게 된 책이 버트런드 러셀이 쓴『나는 왜 기독교인이 아닌가』라는 책이었다.

그 책에서 러셀은 예수가 동정녀가 낳은 자식이라는 것과 신(神)의 아들이자 신 그 자체라는 것, 그리고 예수의 부활을 전면적으로 부정하고 있었다. 그리고 설사 예수가 신이 아닌 인간이었다 하더라도 완벽한 인격을 지닌 사람이 아니라 결점투성이의 인물이라고 주장하고 있었다.

나는 처음엔 '이건 좀 너무한 거 아닌가' 라는 생각이 들었지만, 책을 차근차근 다시 정독해나가다 보니 러셀의 주장에 동의하지 않을 수 없었다. 그래서 나는 점점 더 러셀의 기독교관(觀), 또는 종교관에 흥미를 느껴 그가 쓴『종교와 과학』이란 책도 또 읽어보게 되었는데, 그 책에서 러셀은 종교(주로 기독교)가 과학의 발달을 얼마나 방해했는가에 대해 논리적으로 조목조목 따져가며 논증하고 있는 것이었다. 나는 러셀의 주장에 차츰 동조해가고 있는 나 자신을 느꼈다.

그런 다음 나는 러셀이 쓴『광신(狂信)의 극복』이란 글을 또 읽게 되었고, 그보다 먼저 19세기에 발표된 독일 철학자 포이어바흐의 『기독교의 본질』과 니체가 쓴 『안티크리스트』란 책도 읽어보게 되었다. 기독교가 단지 무지(無智)한 미신의 소산이라는 것을 주장하고 있는 책이었다.

그래서 나는 신이 아닌 인간 예수의 진면목이 알고 싶어져서, 다시 또 프랑스의 가톨릭 신학자 에르네스뜨 르낭이 쓴 『예수의 생애』도 읽어보게 되었다. 그 책에서 르낭은 가톨릭 교도임에도 불구하고 예수의 '동정녀 잉태'와 '그가 병을 고쳐준 기적'과 '부활'을 부정하고 있었고, 그런 신화가 생기게 된 이유를 '더없이 완전무결한 예수의 인격'에서 찾고 있었다. 그런 주장 때문에 그는 신학대학 교수 자리에서 쫓겨났다고 한다.

나는 점점 더 '종교'라는 집단무의식이 결국 미신을 닮은 집단적 환상의 산물이거나 정치적 계산이 깔린 지배 이데올로기에 의해 조작된 인간억압의 수단이라는 확신이 굳어졌다.

그 이후로 나는 우선 나가던 교회를 미련 없이 그만두게 되었다. 그리고 나니까 마음이 얼마나 가벼워졌는지 몰랐다. 내세나 천국과 지옥이 없다고 생각하니까, 또 무신론이나 불가지론(不可知論)이 맞다고 생각하게 되니까, 나의 현실상황이 훨씬 더 가벼워지고 활기차지는 것이었다.

　내가 나갔던 교회는 작은 교회라서 내가 해야 할 일들이 너무나 많았다. 일요일 예배 때 초등부 지도를 맡아 '설교' 비슷한 걸 해야 했고(얼마나 가슴이 쩔렸던지!), 토요일 저녁엔 대학부 모임에 참석해야 했다. 그리고 일요일 예배가 끝난 후에는 성가대 대원으로 합창 연습도 해야 했다.

　그때는 토요일이 공휴일이 아니었으므로 나는 교회 때문에 너무나 피곤한 주말을 보내야만 했고, 달콤한 주말의 데이트나 학교 동아리 회원들이 곧잘 갔던 일요일의 등산도 포기해야 했던 것이다.

　교회는 신도들을 혹사시키는 경우가 많은 것 같다. 수요 예배도 있고, 새벽 기도회나 교우(敎友) 방문 행사 같은 것도 있어, 열렬한 신자가 되려면 피곤한 신앙생활을 해야 하기 때문이다.

스물 즈음, 책장을 넘기며

대학에 들어와 차츰 나이를 먹으면서부터, 이른바 '잘 쓴 소설'이란 걸 읽기가 점점 시들해졌다. 특별히 잡념이 많아졌다거나 걱정이 생겨서 그런 것은 아니었다. 이른바 '명작'이란 것들이 대개는 다 사기처럼 느껴지고, 당시에 나온 문제작이란 것들 역시 거짓말만 늘어놓고 있는 것처럼 보이는 것이었다. 참으로 신기한 변화였다.

다시 한 번 꼼꼼하게 읽어본 도스토옙스키의 『죄와 벌』은 소냐가 너무 성스럽게 묘사돼 있었고, 그녀의 처지로 볼 때 도무지 같잖은 설교만 늘어놓고 있었다.

빅토르 위고의 『레 미제라블』에 나오는 장 발장 역시 출신

성분에 비춰볼 때 너무 갑자기 부자가 되고 너무 성자(聖者)처럼 굴었다. 또 그의 양딸인 코제트는 하층계급 출신인데도 불구하고 너무 아름답고, 너무 귀티 나고, 너무 천사 같았다.

에밀리 브론테의『폭풍의 언덕』은 히드클리프와 캐서린의 지독한 사랑 자체가 허황되게 느껴지고, 특히 히드클리프가 갑자기 벼락부자가 된 내력이 명료하게 설명돼있지 않았다.

샬럿 브론테의『제인 에어』는 제인 에어가 예쁘지 않은 얼굴인데도 왜 부자 귀족 로체스터가 그녀를 미칠 듯이 사랑하는지 석연한 해명이 없었다.

앙드레 지드의『전원교향악』은 여주인공 제르트뤼드가 천치에다 소경인 것으로 시작되고 있으면서도, 그녀가 졸지에 시력을 회복하고 아름답고 현명한 여인이 되어, 자기를 키워준 목사와 그의 아들을 상사병에 신음하게 하는 스토리가 전개되고 있었다.

레마르크의『개선문』은 우선 들입다 잘난 체 해대는 현학적인 담론들에 골치가 쑤셨고, 카페 3류 가수 출신인 조앙 마두가 갑자기 고상한 철학자처럼 격상되는 과정이 도무지 이해가 가지 않았다.

가와바타 야스나리의『설국(雪國)』에 나오는 료오코는 기생 주제에 너무 심각하게 실존적인 고민을 하고 있었고, 무라카

미 류의 『한없이 투명에 가까운 블루』는 퇴폐적 섹스를 실컷 즐기다가 "그러고 보니까 허무하더라"로 결말을 맺어 양다리 걸치기식 교훈주의로 도망가고 있었다.

한마디로 말해 잘됐다는 소설들은 옛날 것이나 최근 것이나 다들 하나같이 실제 인생에 비해 너무 무겁고 진지하고 철학적인 고뇌와 설교들을 담고 있었다.

실제 인생에서 겪는 고뇌들이란 사실 사소하고 꾀죄죄하기까지 한 것들이다. 적성에 안 맞는 전공 공부를 하는 대학생들이 겪는 자잘한 스트레스들이나, 여자가 화장발이 안 받는다고 투덜거리는 것이나, 남편 월급이 적어 신경질 나게 가계를 꾸려가는 부인들의 심정이나, 중년 나이의 남녀들이 하는 정력 타령이나 나이 타령, 그리고 그 이면에 숨어 있는 좌절된 사랑이나 좌절된 출세욕에 대한 찌뿌드드한 한(恨), 그리고 별로 치명적인 병도 아닌데 사람을 은근히 괴롭히는 치통이나 편두통 같은 것들, 대강 이런 것들이 인생을 진짜로 이끌어나가는 요인들인 것 같았다. 실제로 사람들은 '역사적 인식'이나 '실존적 인식'을 하고 있지 않은 것이 분명했다.

그래서 나는 대학 시절에 학년이 올라가면서, 카뮈의 『이방인』이나 카프카의 『성(城)』에 나오는 주인공들이 터무니없

이 건방 떨며 용감하게
구는 '철학적 꼭두각시'
에 불과해 보였다. 그리
고 D. H. 로렌스의 『채
털리 부인의 연인』도 여
주인공 코니가 산지기의
'정력'을 사랑했을 뿐인데

도, 귀족 남편의 위선이 싫어 할 수 없이 평민과의 사랑에 빠
져든 것처럼 꾸민 작가의 자기변명이 역겹게 느껴졌다.

　고등학교 때 내가 지독하게 좋아했던 프랑스와즈 사강의
『슬픔이여 안녕』도 별 감동이 느껴지지 않았다. 물론 그만하
면 잘 쓴 소설임에 틀림없다. 거창한 이념이나 인생관 같은
것 없이, 그리고 사랑에 대한 관념적 설교 위주의 포장도 없
이, 한 사춘기 소녀의 질투심을 센티멘털한 필체로 묘사해 내
고 있기 때문이다. 센티멘털하다는 것 자체가 크게 살 만한
솔직성이었고 그 점을 나는 사랑했다. 하지만 다시 한 번 꼼
꼼하게 읽어보니까, 여주인공과 그녀의 아버지가 왜 하필이
면 무지무지한 부자여야 하나 하는 생각이 들어 은근히 기분
나빠졌다. 또 그런 부류의 부녀가 한번 스쳐 지나간 사랑의
스캔들을 못 잊어하는 걸로 끝나는 결말이 몹시 부자연스럽

게 느껴졌다.

　나는 소설은 이제 좀 더 가벼워져야 하고 어깨에서 힘을 빼야 한다고 생각하게 되었다. 그리고 내면의 야한 욕구에 보다 솔직해져야 한다는 생각이 들었다.

　사실 소설을 읽는 목적은 오로지 '재미'라는 쾌락을 얻기 위해서이다. 교훈을 얻으려고 또는 사상을 배우려고 소설을 읽는 사람은 아마 한 사람도 없을 것이다. 물론 평론가들이나 학자들은 예외가 될 수도 있다. 그들은 소설을 통해 '작가의 주제의식'이 무엇인지 따져보려고만 한다. 그래야만 뭐라도 한 줄 쓸거리가 생기기 때문이다. 그냥 '재미있다'거나 '재미없다'고 평하거나 분석할 수는 없기 때문에, 그들은 직업윤리(?)상 '소설 읽기를 빙자한 현학적 장광설'을 펼치지 않을 수 없다. 그러다 보면 자연히 소설의 주제나 작가의 이데올로기에만 초점을 두어 편향적인 독서를 하게 된다. 대강 이런 것이 그때의 내 생각이었다.

　텔레비전이나 영화가 소설이 차지하고 있던 영역을 차츰 뺏어가고 있던 당시에, 재미없는 소설을 억지로 읽는 사람은 없었다. 물론 재미에도 여러 종류가 있어서, '작가의 사상을 탐색해 나가는 재미'나 '형식미(形式美)를 분석해 보는 재미'

같은 것도 있을 수 있을 것이다. 그러나 그런 경우는 일반 독자에겐 별로 해당이 안 된다고 나는 생각했다. 일반 독자들은 단지 잠재된 욕구를 카타르시스(대리배설)시키기 위해 소설을 읽지, 사상이나 형식 분석을 위해 소설을 읽지는 않는다.

그런데도 소설을 '스토리로 포장한 사상'이나 '윤리적 교훈을 위한 계몽서'로 보는 문학평론가들이 아직도 우리나라에 많은 것은, 우리나라가 조선시대식 유교 이데올로기에 바탕한 '훈민문학(訓民文學)'의 전통을 못 버리고 있는 촌스러운 문화적 후진국이기 때문이다.

아무튼 그래서 나는 앞으로는 좀 더 솔직하고 자유롭게 소설을 읽어보겠다고 생각하게 되었다. 소위 '품위 있는 명작'이란 개념이나 선입관을 벗어나 내가 당장 '쾌락'을 맛볼 수 있는 소설 위주로 독서를 하고, 나 또한 그런 소설만을 습작해보려고 마음먹었다. 그러기 위해서는 우선 이른바 '작품의 무게'나 '깊이', 또는 '사상성'이라는 개념에 집착하지 말아야 할 것이다. 그런 개념들은 대개 보수적 경건주의자들이 만들어낸 개념이기 때문이다.

그리고 나는 그때 소설이란 유미주의 없이는 성립이 안 된다고 생각하게 되었다. 리얼리즘이란 건 신문 기사에나 적합

한 것이다. 소설은 '무엇을 쓰느냐'가 아니라 '어떻게 쓰느냐'가 중요하다. 같은 소재라도 개성적이고 탐미적으로 써야 할 의무가 소설가에겐 있는 것이다.

유미주의가 꼭 성(性)과 연결돼야 한다는 말은 아니다. 다원주의 시대엔 그런 소설도 필요하다는 것이다.

그리고 나는 그 당시에도 성문학 작품을 즐겨 읽었는데, 도대체 '예술'과 '외설'을 나누는 것이 이해되지 않았다. 하나의 예술작품을 놓고 외설이냐 아니냐를 따질 때 현학군자들에 의해 흔히 거론되었던 기준 하나는 성을 그리되 '존재론적 탐색'을 곁들였느냐 안 곁들였느냐 하는 기준이다. 이른바 존재론적 탐색은 때로는 이데올로기적 탐색이 될 수 있고, 계급투쟁적 탐색이 될 수도 있다.

이를테면 한 여성이 성 자체만을 탐닉하는 것을 그린 소설이면 외설이고, 성을 통해 존재론적 깨달음을 얻으면 예술이 된다는 식이다. 사회주의적 리얼리즘의 시각에서 보면 사회의 구조적 모순을 성을 통해 고발하고, 거기에 적절한 '전망'을 덧붙여 제시하면 아무리 성애 묘사가 진하고 지속적이라 할지라도 예술로 승화된 것으로 간주하는 경향이 있었다.

'계급적 갈등'은 그럴 경우 가장 흔한 방패막이로 등장했다. 노골적인 성희 장면이 많아 화제가 된 소설『채털리 부인

의 연인』은 비속한 대화의 남발과 상세한 성교 묘사 등으로
발표 당시로서는 파격적인 작품이었지만, 나중에 와서는 대
체로 문학사에 길이 남을 명작으로 평가되고 있다. 그 이유는
그러한 극단적 성애의 배후에 채털리 부인과 불륜의 사랑을
나누는 평민 산지기 남자인 멜로즈와, 채털리 부인의 남편인
거만하고 위선적인 귀족 남자 사이의 계급적 갈등이 개재되
어 있기 때문이라는 것이었다.

　그렇지만 나는 성행위는 성행위 자체로 그칠 뿐 그것이 반
드시 다른 이념 또는 관념의 상징물 역할을 해야 한다고는 보
지 않았기 때문에, 그러한 평가기준에 찬동할 수 없었다. 오히
려 내가 보기에 『채털리 부인의 연인』은 순수한 동물적 성욕
을 계급 갈등이라는 포장물로 은폐하여 주제의 초점이 흐려
지게 만든, 어정쩡한 '양다리 걸치기'식 소설로 보였다.

은밀하고 위대한 성교육 이야기

내가 대학교 학부에 다닐 때, 연세대에서는 일종의 성교육 프로그램을 실시하고 있었다. 〈보건〉이라는 과목이 교양 필수과목으로 되어 있었는데 내용의 반 정도가 성에 대한 것이었다. 여러 학과의 학생들이 합반하여 대형 강의실에서 이루어지던 강의여서 자칫하면 수업분위기가 산만해지기 쉬운 과목이었으나, 남학생과 여학생을 섞어서 앉혀놓는 데다가 슬라이드를 중심으로 진행되는 시청각교육이었기 때문에 꽤 인기가 좋았다. 그때만 해도 성에 대한 지식이라고는 고등학교 때 남몰래 읽어 보던 에로소설이나 포르노잡지가 고작이어서, 학생들은 교수의 말 한마디라도 놓칠세라 열심히 강의를 들었다.

그때 들은 강의의 내용 중 아직도 기억에 남아 있는 것은, 남녀 성기의 구조 및 명칭에 대한 '해부학적 설명'이다. 평상시에는 입에 담기를 꺼려했던 성기의 여러 부위들을 직접 그려 가며 세세한 명칭들을 써넣는 문제가 학기말 시험에 나왔을 정도였으니 말이다. 대음순, 소음순, 음핵…… 등등.

그러나 이러한 성기관 명칭들이 아직도 내 머릿속에 그대로 입력되어 있지는 않다. 고등학교건, 대학교건 학창시절에 배웠던 모든 '암기 과목'들이 졸업과 동시에 깡그리 머릿속에서 사라져 버리는 것과 마찬가지로, 그때 공부했던 내용을 나는 지금 거의 다 잊어버렸다. 그런데도 내가 그런 강의내용이 '인상적이었다'고 말한 것은, 그 강의를 들으며 '도대체 저렇게 시시콜콜 해부학적 지식을 암기해 봤자 원만한 성생활에 어떤 도움이 될까?' 하고 마음속으로 의구심을 느껴가며 강의를 들었기 때문이다.

어쨌든 그래서 나는 학교 교육에서 암기 위주의 주입식 강의는 절대로 피해야 한다고 생각한다. 예컨대 역사 과목에서, 이성계가 조선을 건국한 연도가 1392년이라는 것을 꼭 외워야 할 필요가 어디 있겠는가? 그것보다는 '이성계의 쿠데타로 인한 조선 건국의 역사적 의미'를 밝혀 보는 것이 훨씬 더 의의 있는 일일 것이다.

그리고 또 하나 기억에 남아 있는 것은, 담당 교수님께서 '끊임없는 성병(性病)에 대한 공포'를 우리들에게 심어 주었다는 점이다. 우리는 성병의 흉악한 증상을 슬라이드를 통해 보았고, 또 여학생들에게는 성병 얘기와 더불어 순결교육이 이루어졌다. 남자와는 데이트할 때 영화를 보러 가지도 말고, 특히 에로틱한 영화는 절대로 안 된다고 했다.

보건 교수님께서는 강의 방식이 퍽 유머러스하면서, 때로는 상징적인 장면을 슬라이드로 비춰주고 나서 거기에 살을 붙이는 방식으로 강의를 하곤 했는데, 그 가운데 제일 재미있었던 사진이 '철창 안에 갇혀 포효하고 있는 수사자' 사진이었다. 의학 교과서식 내용의 슬라이드가 계속 나오다가 갑자기 사자의 사진이 등장하여 우리들은 어리둥절했는데, 그때 교수님은 이렇게 말씀하시는 것이었다.

"이 강의실에 앉아 있는 여학생 여러분! 이 사진을 보세요. 무슨 사진이지요? 맞아요, 우리 안에 갇혀 있는 백수의 왕 사자입니다. 여러분은 앞으로 남자들을 만날 때마다 이 사진을 기억하도록 하세요. 남자란 다 사자예요. 다만 우리 안에 갇혀 있기 때문에 상대방에게 덤벼들지 못할 뿐이란 말입니다. 기회만 주어지면 남자들은 모두 이 사자처럼 날카로운 이빨을 드러내며 여자들한테 난폭하게 달려듭니다. 그러니 기회를 주지 말도록 하세요."

여학생들은 모두 까르르 웃었고, 남학생들은 모두 떨떠름해 했는데, 아무튼 재미있는 시간이었던 것만은 틀림없다.

하지만 나도 이제 나이를 먹어 선생이 되고 특히 성문제에 관심을 가지게 되고 나서부터는, 내가 수업 받은 방식의 성교육에 대해 점점 더 회의를 느끼고 있다. 특히 '성병 공포증'을 심어 준다거나, 성기의 구조에 대한 해부학적 지식 주입, 또는 육체적 성감대에 대한 사전지식 주입 등은 올바른 성생활을

위해 별 도움이 되지 못한다는 것이 요즘의 내 생각이다.

성기와 성기능에 대한 사전지식 없이도 사람들은 '사랑'만 하면(즉, 흥분되기만 하면) 얼마든지 아름다운 성생활을 할 수 있다. 또 성병에 대한 공포증은 오히려 성(性) 그 자체에 대한 결벽증이나 거부증을 불러일으킬 수도 있는 것이다. 남성의 무분별한 방탕이나 매춘(買春) 행위가, '사랑'과 '성'을 분리시켜 성은 결국 더러운 것, 필요악에 가까운 것이라는 그릇된 사고방식에서 초래된 것이라고 볼 때, 성교육이 곧 성병에 대한 의학 교육이거나 보기에도 징그러운 해부학 교육이어서는 안 된다고 생각한다.

우리 안에 갇힌 사자 사진을 생각해 봐도 그렇다. 남자는 과연 다 사자일까? 여자들이 갖고 있는 남성의 성의식에 대한 잘못된 생각이 바로 이것이다. 남자가 모두 자신만만하게 이를 갈며 기회가 오기만을 호시탐탐 노리고 있는 줄 알면 오산이다. 남성은 나이를 먹어 갈수록 점점 성행위에 겁을 집어먹게 된다. 여자는 가만히 받아들이기만 하면 되지만, 남성은 에너지를 소모해 가며 능동적으로 어떤 몸짓을 취해야 하기 때문이다. 자지의 '발기'가 잘 안 되면 어떻게 하나 하는 불안감이 모든 남성들의 잠재의식을 지배하고 있다.

내가 받은 성교육 중 몇 가지 예를 들었으나, 보다 실질적인 성교육을 위해 이 밖에도 고칠 일이 많은 것 같다. 우선 첫 번째로 꼽을 수 있는 필수적인 성교육은, 순결교육이 아니라 '피임교육'이 되어야 한다는 것이다.

청춘을 뒤흔든 '독서'

　나는 대학 시절에 그야말로 '잡독(雜讀)'을 했다. 문학, 철학, 역사, 심리학, 에세이 등 닥치는 대로 읽어내려 갔다. 그리고 당시에 가장 수준 높은 문학잡지로 인정받던 월간 「현대문학」과 교양지로선 으뜸인 「신동아」를 정기 구독했다. 또 성욕도 달랠 겸, 성(性)에 대한 지식도 배울 겸해서 미국에서 나오는 고급 에로 잡지인 〈플레이보이(Playboy)〉와 〈펜트하우스(Penthouse)〉를 자주 사서 보았다.

　철학책을 읽으면서 내가 가졌던 의문은, 왜 플라톤이 서양 철학에서 그토록 중요시 되는가 하는 것이었다. 내가 보기에 플라톤의 이상국가론은 '독재정치'를 찬양한 것이었고, 그가 예술을 배격하여 '시인 추방론'을 내세운 것은 '검열의 정당성'을 옹호하기 위한 것이었다.

플라톤에 비해 아리스토텔레스는 그래도 한결 융통성 있는 견해를 갖고 있는 것으로 보였는데, 그가 플라톤에 반대하여 예술의 중요성을 주장하고 『시학』을 저술한 것이 퍽이나 다행스럽게 생각되었다. 『시학』에 나오는 중요한 개념인 '카타르시스(대리배설)'는, 내가 나중에 가서 카타르시스 이론을 가지고 여러 편의 논문을 쓰게 만들었다. 교수가 된 뒤에 나온 나의 책 『카타르시스란 무엇인가』는 아리스토텔레스의 예술론을 확장시킨 것이다.

데카르트나 칸트의 이성중심주의도 내게 반감을 품게 만들었다. 나는 이성보다 감성 또는 감각이 더 중요하다고 봤던 것이다.

동양철학의 경우 나는 공자와 맹자의 사상보다는 노자와 장자의 사상에 기울었다. 나는 공자를 일종의 '정치만능주의자'로 보았고, 계급차별을 당연시하는 선량의식(選良意識)으로 가득 찬 귀족주의자로 보았다. 반면에 노장사상은 '무위자연(無爲自然)'과 '반(反)정치주의'를 표방하고 쾌락주의를 옹호하고 있어 훨씬 유연한 사상으로 보였다.

특히 내가 철학과 전공강의까지 선택과목으로 수강하면서

배운 주자학 이론은 완전히 말장난으로만 보였다. '이(理)'니 '기(氣)'니 해가며 공허한 형이상학으로 일관한 성리학은 결국 조선왕조를 멸망하게 만들었는데, 아직도 이퇴계와 이율곡을 한국의 자랑스런 사상가로 떠받들고 있는 것이 이해되지 않는다.

문학책을 읽으면서 내가 새롭게 깨닫게 된 것은 서양문학이 동양문학보다 훨씬 못하다는 것이었다. 도스토옙스키나 톨스토이의 이른바 '걸작'들은 내겐 그저 '기독교적 잔소리'로만 들렸고, 유명한 사실주의 소설『보바리 부인』도 권선징악으로 끝맺은 진부한 도덕주의 소설로 보였다. 내가 좋게 보았던 서구 작가는 어니스트 헤밍웨이, 서머셋 모옴, 오 헨리 정도였다.

이에 비해 중국의 명작인『삼국지』,『수호전』,『요재지이』 같은 소설은 잔소리가 하나도 없고 서술방식 또한 간결·명확하여 서구문학에 비해 훨씬 더 수준 높은 소설로 보였다. 특히 나는 포송령이 쓴 단편집『요재지이』를 사랑하여 되풀이해가며 읽고 또 읽었다.

한국 고전소설 역시 장광설로 이어지는 서구 소설들에 비해 한결 산뜻하고 간결해서 좋았다.『춘향전』,『배비장전』,

『이춘풍전』 등에 나타나는 명랑한 해학미와 외설미(美)는 귀족이 아닌 민중을 위한 진정한 '엔터테인먼트'를 보여주는 반(反)이성적 소설들이었다.

역사책으로 내가 재미있게 읽은 것은 신채호가 쓴 『조선 상고사(上古史)』와 함석헌의 『뜻으로 본 한국역사』였다. 그리고 세계역사를 다룬 책으로는 아놀드 토인비의 『역사의 연구(축약본)』와 인도의 네루가 쓴 『세계사 편력』이 좋았다.

심리학 책으로는 주로 프로이트와 융의 저서를 많이 읽었다. 특히 프로이트의 『정신분석 입문』과 『예술론』, 그리고 융의 『인간과 상징』이 좋았는데, 이 두 사람의 사상은 내가 후에 가서 『사랑학 개론』과 『상징시학』 등을 집필하게 만든 원동력이 되어주었다.

에세이로 가장 인상 깊게 읽은 책은 중국의 임어당이 쓴 『생활의 발견』이다. 이 책은 서구문화에 대한 열등감을 말끔히 해소시켜 주어 좋았다. 그리고 쇼펜하우어의 『비극적 인생』도 내게 큰 영향을 미쳐, 나를 평생토록 유미적 허무주의자로 살게 하는데 결정적인 영향을 미쳤다.

이밖에도 내가 읽은 책들은 정말 많다. 나는 책을 싼 값으

로 사기 위해 청계천 6, 7가(街)에 많이 들어서 있던 헌책방들
을 수시로 들락거렸다.

생각나는 대로 꼽아보면 중국소설 『금병매』, 『홍루몽』, 『서
유기』 등도 무척 재미가 있어 동양문학이 서양문학보다 한 수
위라는 점을 똑똑히 깨닫게 해주었고, 한국 소설 『구운몽』과
『옥루몽』과 『홍길동전』 역시 그러했다.

한국 현대작가의 소설로는 김동인, 현진건, 김유정, 황순원,
서기원, 김승옥의 단편소설들이 마음에 들었고, 장편소설로
는 이광수의 『이순신』과 홍명희의 『임꺽정』과 황순원의 『나
무들 비탈에 서다』와 한말숙의 『하얀 도정(道程)』 같은 작품
이 좋았다.

시로서는 역시 김소월이 첫째였고, 그 다음이 윤동주, 이육
사, 한용운, 김영랑, 유치환 등이었다. 나는 특히 윤동주 시에
애정을 느껴 나중에 가서 박사논문으로 『윤동주 연구』를 쓰
게 되었다.

『주역(周易)』을 넘어

　내가 대학 시절부터 지금까지 곁에 두고 책장이 닳도록 수시로 읽고 있는 책은 중국의 사서삼경(四書三經) 가운데 하나인 『주역(周易)』이다. 『주역』이라고 하면 상당히 어렵고 난해한 책으로들 알고 있는데 사실은 그렇지 않다. 요즘은 번역본이 여러 권 나와 있고, 또 『주역』을 철학책으로서가 아니라 인생 안내서로서 읽으려고 한다면 더 쉽게 풀어쓴 점술서(占術書)로서의 『주역』도 많이 출판되고 있기 때문이다.

　내가 처음 『주역』을 접하게 된 것은 고등학교 2학년 때였다. 독서의 수준에 있어서는 남보다 조금 조숙한 편이었던 나는, 사서삼경 가운데 가장 신비롭고 심오한 내용을 담고 있다는 『주역』에 대하여 그전부터 강한 호기심을 느꼈다. 그래서 『주역』 번역본을 찾아보았으나 그때까지만 해도 번역본이 나와 있지 않았던 터라 실망하지 않을 수 없었다.

그런데 마침 고등학교 2학년 때쯤 해서 현암사에서 남만성 선생 번역으로 『주역』이 출간되었으므로 당장 구입하여 반가운 마음으로 읽어내려 갔던 것이다. 그리고 특히 대학 시절에 『주역』을 꼼꼼하게 읽으면서 인생철학을 배우게 되었다.

아무리 번역본이라고 하지만 『주역』은 역시 어려운 책이었다. 그래서 본문을 한문 공부도 할 겸, 세밀하게 정독하고 나서 책 말미에 부록으로 붙은 「점(占)풀이」를 흥미롭게 읽게 되었다. 그러고는 역점(易占) 치는데 차츰 재미가 붙어 나중에는 본문과 연결시켜 더 세밀하게 분석하게 되었던 것이다.

이와 같이 『주역』은 두 가지 측면에서 연구·활용되어질 수 있다. 첫째는, 점치는 책으로서의 측면인데, 인간의 길흉화복을 역(易)의 64괘(卦) 384효(爻)의 상징적 지시에 의탁하여 판별해 보는 것이다.

그러나 이러한 『주역』

의 점술서로서의 특성은 관상이나 사주, 점성술 등과 구별되어야 한다. 특히 사주점(四柱占)의 경우는 생년, 생월, 생일, 생시에 따라 인간의 운명이 완전히 결정되어 버리고 만다는 예정론(豫定論)에 바탕을 두고 성립된 것인 만큼, 인간의 노력에 의한 운명의 변화를 거의 인정하고 있지 않다. 그러나 『주역』에 의한 점(占)의 경우에는 평생의 운수를 점친다거나 1년의 신수(身數)를 점친다거나 하는 것이 아니다. 『주역』은 동양에서 예로부터 내려온 인생관, 처세관(處世觀)이라고 할 수 있는 '진인사대천명(盡人事待天命)'의 원리에 입각해서 점을 친다.

『주역』 점(占)은 사람이 노력을 다하고 나서도 막바지에 가서 앞으로의 진로를 결정지을 수 없을 때, 최후로 하늘이 내려 주는 상징적 계시에 의지하여 앞으로의 행동방향을 정하려는 것이니만큼, 운명론적 결정론에 의지하는 것은 아니다.

『주역』의 중심사상을 이루고 있는 것은 바로 음양(陰陽)사상이라고 할 수 있는데, 음양의 변화과정, 즉 밤이 가면 아침이 오고, 겨울이 있으면 여름이 있다는 식의 만물(萬物)의 교대원리(交代原理)가 인간의 운명판단에도 그대로 적용되고 있다.

따라서 『주역』은 단순한 점술서라기보다는 역경에 빠져 있는 사람이 점을 쳤을 때는 "궁하면 통한다"의 원리에 따라 앞으로 곧 좋은 일이 생길 것이라고 알려 주어 희망을 갖게 하는 것이요, 반대로 너무 일이 잘 풀려서 오만해진 사람에게는 곧 역경이 닥쳐올 것을 미리 알려 주어 스스로 자만하지 말고 겸손하게 앞날을 대비하게 해 주는 일종의 인생 안내서라고 볼 수 있다.

『주역』이 갖고 있는 두 번째 측면은 일종의 철학책으로서의 가치에 있다 하겠다. 『주역』은 일종의 형이상학적 진리를 상징적 표현으로 응집시켜 놓은 동양철학의 진수라고 할 수 있다. 주역은 영원무궁한 음양의 변화작용을 통하여 우주의 진상(眞相)을 파악하고자 한다. 『주역』에서는 이러한 우주의 진상을 '도(道)'라고 표현한다. 특히 공자가 썼다고 전해지는 『주역』의 주석 부분인 「계사전(繫辭傳)」은 대자연의 법칙과 인간의 운명을 음양철학을 통해 간명하고 확실하게 해석해 놓고 있는 주역의 핵심부분이라고 할 수 있다.

나는 주역 점(占)을 고등학교 2학년 때부터 지금까지 거의 50년간 쳐온 관계로, 이제는 『주역』에 나오는 64가지의 괘를 다 외울 수 있게끔 되었다. 그래서 요즘에는 내가 가르치는 학생들도 나에게 점을 치러 오곤 한다. 인생의 기로에 섰을 때, 『주역』이 시사해 주는 진리는 자못 의미심장하면서도 실질적인 것이어서 진로 판단에 큰 도움을 준다. 나 자신도 『주역』 덕분에 여러 가지 시행착오들을 막을 수 있었다.

『주역』을 점술서로 활용할 경우 명심해야 할 사항은 막연한 것을 점쳐서는 안 된다는 것이다. 이를테면 내가 앞으로 돈을 많이 벌게 될까, 나의 결혼운은 어떤가 하는 식의 물음을 가지고 점을 치면 안 된다. 보다 구체적으로, 내가 이러이러한 사업을 하면 돈을 벌 수 있을까, 내가 김XX라는 여자와 결혼하면 행복해질 수 있을까, 하는 식으로 점에 물어봐야 한다.

또 일단 한번 나온 점괘가 자기 마음에 들지 않는다고 해서 같은 물음을 가지고 두 번 세 번 반복해서 점치면 안 된다. 그것은 결국 역점(易占)을 불신한다는 것이므로 올바른 점괘가 나올 수 없는 것이다. 일단 한번 나온 점괘가 아무리 나쁜 괘라 할지라도, 본문의 내용을 몇 번이고 음미하며 읽어 보아 장래의 바른 지침으로 삼을 수 있는 경건한 마음 자세를 가질 수 있어야 한다.

역점(易占)이란 결국 인간이 무의식 속에 가지고 있는 예지본능(豫知本能)을 이용하여 그것을 의식 밖으로 끌어내는 것이므로 절대로 미신이라고 할 수 없다.『주역』을 잘 활용할 수만 있다면, 우리의 고달픈 인생길에 좋은 스승이요, 반려자가될 수 있다고 나는 믿는다.

프로이트, 너도 틀렸어!

나는 대학 시절에 프로이트가 쓴 책을 많이 읽었다. 그리고 그중에서도 그의 『예술론』을 더 꼼꼼하게 정독하게 되었다. 그러면서 차츰 그의 주장에 허점이 있다는 것을 알게 되었다.

프로이트는 모든 예술작품을 '창조적 백일몽'으로 비유하고 모든 예술가를 '대낮의 몽상가'라고 이름 붙였다. 그는 기존의 미학자들이 갖고 있는 예술관을 공허하고 텅 빈 것이라고 공격하고, "미(美)는 성적 흥분에 그 기원을 갖고 있다", "성적(性的) 흥분은 미의 창조자다"라고 주장했다. 그러나 그의 이론이 훌륭한 것은 사실이지만, 예술을 통한 '인공적(人工的) 백일몽의 창조'가 운명을 바꿔놓을 수 있을 정도로 강력한 힘

을 갖고 있다는 사실을 간파하지는 못했다.

　또한 예술을 성욕의 승화작용으로만 봤지 성욕의 카타르시스(대리배설) 작용으로는 보지 못하여, 예술을 어디까지나 윤리적 초자아(超自我)의 지배 아래 두는 조심성을 보였다.

　프로이트가 말한 승화작용이란 어디까지나 본능적 자아(즉 id)를 범죄적 개념으로만 파악한 데서 나온 어정쩡한 이론이었다. 그의 승화이론에 따른다면, 남의 정사(情事) 장면을 엿보면서 관능적 쾌감을 느끼는 변태성욕인 관음증(觀淫症)적 충동이 '승화'되면, 천문학자가 되어 망원경을 들여다보며 '고상한 쾌감'에 몰두하게 된다. 또 남을 칼로 해치면서 관능적 쾌감을 맛보는 사디즘적 충동이 승화되면, 외과의사가 되어 칼을 휘두르며 환자를 위해 의술을 베풀거나 판사가 되어 선고봉(宣告棒)을 뚜드리며 죄인을 심판하게도 된다(프로이트는 의사나 판사가 진짜 사디스트가 되어 사람들을 '합법적'으로 괴롭히는 경우를 간과하고 있다).

　그렇다면 예술을 창조적 백일몽으로 본다 하더라도 그 예술 작품의 내용은 역시 외견상 숭고하고 고상한 것이 되지 않으면 안 된다. 그래서 결국 교훈적이고 도덕적인 성격의 예술만이 예술로서의 가치를 지니게 되어, 예술을 통한 성욕의 솔

직한 대리배설은 불가능
하게 되는 것이다.

　프로이트는 특히 오
럴 섹스를 비롯한 비
생식적(非生殖的) 섹스
들을 모두 다 '변태'로 규
정하여, 섹스란 오직 종족보존을 위해서만 필요한 일종의 필
요악에 불과하다는 입장을 은근히 지지했다. 이러한 견해는
기독교 초기의 교부(敎父) 성 어거스틴의 답답한 성관(性觀)과
유사한 것이다.

　게다가 프로이트는 여성이 질(膣)을 통해서가 아니라 클리
토리스 자극을 통해서 느끼는 오르가슴마저 변태시(視)하는
경직성을 보였다. 그래서 그가 제시한 '성욕의 예술적 승화작
용'의 예는 레오나르도 다빈치의 그림이나 미켈란젤로의 조
각같이 '엄격한 숭고미'에 바탕을 둔 작품들뿐이었던 것이다.

　그러므로 프로이트의 이론을 따른다면 미술이나 문학 또는
영화 등을 통한 본능적 욕구의 솔직한 대리배설(카타르시스)은
사실상 불가능하게 되고, 거기에 부수되는 인공적 길몽으로
서의 효과 또한 바랄 수 없게 된다.

　실제로 대다수의 민중들은 민주화된 현대로 내려올수록 근

엄하고 숭고한, 이른바 고급 예술을 통해 카타르시스를 맛보기를 당당히 거부하고, 보다 솔직하고 야한 예술(이른바 대중예술이라고 불리는 것. 그러나 대중예술에도 예술적 가치를 부여해야 한다는 생각이 포스트모더니즘의 확산과 더불어 퍼졌다)을 통해 카타르시스 맛보기를 원하고 있다.

따라서 내 주장대로 모든 예술작품을 일종의 '인공적 길몽' 또는 '우리가 마음대로 골라서 꾸는 꿈'이라고 본다면, 우리는 보다 본능에 솔직하고 가식적 포장이 없는 예술작품을 통해 운명의 극복 또는 재창조를 도모해나가야 한다는 결론에 도달하게 된다.

연극이든 소설이든 그림이든 영화든, 창작자는 스스로 꾸고 싶은 꿈을 골라 거기에 도덕이나 품위 따위의 겉포장을 입히지 않고 그대로 표현하면 될 것이고, 감상자는 스스로 꾸고 싶은 꿈과 비슷한 내용으로 된 작품을 골라서 감상하면 되는 것이다.

그러기 위해서 우리는 예술이 갖고 있는 카타르시스(대리배설)의 실제적 효용에 대하여 명확한 입장을 정립해두는 것이 필요하다. 단언하건대 카타르시스의 실제적 효용은 "인간의 본능 가운데 가장 근원적인 욕구인 성욕과 파괴욕(또는 죽음의 욕구, 사디즘 및 마조히즘의 피가학 욕구)을 대리적으로 충족시켜, 그러한 효과가 생활전반에 활력을 주어 여러 가지 일반적 소 망도 아울러 달성시키는 역할을 해주는 데" 있다.

문명사회 속의 인간은 언제나 과도한 초자아(超自我)의 간 섭 때문에 윤리적 · 도덕적으로 억압되어 있어, 자연 상태 그 대로의 인간이 가지고 있는 본원의 생명력을 발휘하지 못하 고 계속 이중적 위선으로만 흐르고 있다. 약육강식의 원리에 따라 지배되는 생태계에 있어 도덕적 연민이나 동정 따위의 성정(性情)은 원칙적으로 존재하지 않는다. 오직 잔인한 행위 를 바라보면서 느끼는 공포감이나 잔인한 행위를 하면서 맛 보게 되는 사디즘적 쾌감만이 존재할 뿐이다.

그래서 성욕 또한 '무시무시한 것' 또는 '공포스러운 것'을 받아들이는 태도에 따라 달라지는 사디즘과 마조히즘의 두 가지 양상으로 체험된다.

그러므로 예술작품이 도덕적이고 윤리적인 교훈으로서의 효용을 지니기를 요구하는 것은 무리라고 생각된다. 아니 '무 리' 정도가 아니라 오히려 예술수용자들의 인생을 더욱더 위 장된 이중인격과 억압된 운명의 질곡 속으로 빠뜨려버릴 위 험성마저 있다. 대강 이러한 사실을 나는 프로이트의 저작들 을 읽으면서 확신하게 되었던 것이다.

PART **3**

★

어른만 되면 모든 꿈을
이룰 수 있을 것
같았지

별

이 세상 모든
괴로워하는 이들의 숨결까지
다 들리듯
고요한 하늘에선

밤마다
별들이 진다

들어 보라

멀리 외진 곳에서 누군가
그대의 아픔을 위해
기도하는 시간

지는 별들이 더욱
가깝게 느껴지고

오늘
그대의 수심(愁心)이

수많은 별들로 하여
더욱
빛난다

내가 부렸던 오기

1973년 12월쯤 되었을까? 내가 여자에게 좀 치사한 오기를 부려봤던 경험이 있다.

그때 난 Q라는 여자를 매우 사랑하고 있었는데, 그녀는 날 이따금씩 만나주기는 하면서도 좀처럼 나의 사랑을 받아주지 않았다. 자기는 내가 그저 친구로만 생각될 뿐, 좀처럼 이성으로 느껴지지가 않는다는 것이었다.

그래서 나는 계속 자존심을 꾹꾹 눌러 참으며 그녀에게 나의 사랑을 애소(哀訴)하는 수밖에 없었다. "제까짓 게 언젠가는 나한테 두 손 들고 항복해 오고야 말겠지……" 하는 끈적끈적한 미련과 역시 그놈의 '오기' 때문이었다.

그날도 우리는 이화여대 앞의 어느 으슥한 카페에서 만났다. 칸막이가 있는 술집은 아니었으나, 조명이 워낙 어두컴컴하고 또 우리가 앉은 테이블이 아주 구석이었는지라, 나는 남의 시선을 의식하지 않고 계속 떠들어댈 수 있었다. 음악 소리도 굉장히 커서 남에게 나의 큰 목소리가 들릴 염려도 없었다(내 목소리는 너무 우렁차서 술집에 가면 언제나 주인에게 야단을 맞는다).

그때는 나도 그 여자 친구한테 구애하는데 좀 지쳐있던 참이었다. 그래서 그날만은 어떻게 해서라도 뿌리를 뽑고야 말겠다는 야심으로 계속 하소연, 협박(?), 토론 따위를 반복적으로 되풀이했다. 그런데도 그녀의 반응은 여전히 냉정 그 자체, 눈 하나 깜짝 안 하고 죽어도 나한테는 사랑을 못 느끼겠다고 버텨대는 것이다. 만나주는 것만도 감지덕지 고마워 할 일이지 언감생심(焉敢生心) 사랑은 뭐 얼어 죽을 사랑이냐는 식이었다.

그때 나에게 괴상한 오기가 발동했다. 하도 건방지게 약을 올리는 데는 빈약한 내 몸뚱이도 도저히 참을 수가 없었다. 옆에 앉은 채로, 이년 너 죽어라 하고 목을 조르기 시작했다.

내심으로는, 아무리 그녀가 찔러도 피 한 방울 나올 것 같지 않으리만큼 냉정한 성격이었지만 그래도 폭력엔 약해지고 말 겠지, 하는 마음에서였다. 좀 드라마틱한 제스처를 써야만 뭔 가 통할 것 같은 예감도 있었고.

　그런데 이게 웬일이냐. 아무리 목을 세게 졸라대도 그녀는 눈 하나 깜짝 안 하는 게 아닌가. 비명도 안 지르고 나를 한심 하다는 듯 쳐다보더니, 자기의 치아로 목 조르는 나의 오른손 손등을 용케 붙잡아 마구 깨물어대는 게 아닌가. 어찌나 세게 깨물었는지 살점이 떨어져나갈 지경이었다.

　결과는 내가 항복. 물론 그녀를 목 졸라 죽일 생각은 전혀 없었고, 말만으로라도 "내가 잘못했어요. 너무 건방졌나 봐요" 라는 말을 들어보려고 했던 나의 치사한 오기는 수포로 돌아 가고 말았다. 한 달 동안이나 나의 오른손은 붕대 신세를 져 야만 했고.

'신념'이라는 이름의 희망고문

그때 나는 신념이라는 말을 싫어했다. 한 개인의 신념이 올바른 방향으로 쓰이는 수도 있겠으나 그 반대의 경우도 생각해 볼 수 있기 때문이었다. 히틀러의 애국적 신념은 독일을 전쟁의 참화 속으로 몰고 갔고, 중세기의 성직자들이 가졌던 성스러운 신념은 무고한 여인들을 마녀로 몰아 불태워 죽이는 데 기여했다. 한 개인의 신념 때문에 다수가 파멸을 자초하는 수도 있다. 미국의 사이비 종교인 〈인민사원(People's Temple)〉의 8백여 명이나 되는 신도들이, 미쳐 버린 교주의 신념 때문에 교주의 명령에 따라 집단자살을 한 것이 좋은 예다.

신념과 비슷한 말로 '희망'이란 것이 있다. 마음속에 강렬한 희망이 있으면 그것이 실제로 성취될 수 있다고 학교에서는 가르친다. 신념을 가져라, 야망을 가져라, 희망을 가져라, 이런 말들은 나의 중 · 고등학교 시절 조회시간에 교장선생님이 단골로 사용하곤 했던 훈화 주제였다.

　그러나 과연 그럴까? 인생이란 그렇게 간단한 방정식으로 이루어지지 않는다. 신념과 희망, 거기다가 노력이 덧붙여지면 성공은 반드시 보장된다고 하는데, 실제로 인생을 살아나가다 보면 아무리 신념이 있고 거기에 노력이 따라가도 실패하는 수가 더 많은 것이다. 필연보다는 우연에 의해서 더 많은 영향을 받는 것이 바로 우리의 운명인 것 같았다.

　그래서 나는 처음부터 강한 신념과 희망을 가지고 사는 것보다는 아예 적당한 체념과 달관된 관조의 자세를 견지하도록 노력하는 것이, 우리가 이 험한 세상을 살아나가는 데 있어 더욱 필요한 삶의 자세라고 생각했던 것이다. 대개의 우울증이나 무기력증은 강력한 신념을 가지고 추진했던 일이 실패로 끝났을 때 닥쳐오는 강한 허탈감과 깊은 관련을 맺고 있기 때문이다.

　신념이 자칫하면 마음의 집착이나 욕심으로 발전할 수 있고, 그것이 결국 우리 인생을 망치고 만다는 것을 일찍부터 주장한 이들이 바로 석가, 예수 등의 현인이었다. 석가나 예수의 주장을 한마디로 요약한다면 '마음의 집착으로부터의 탈피'나 '작위적 의도로부터의 탈피'가 될 것 같다고 나는 생각했다.

올바른 신념은 우리가 가져야 할 바람직한 품격 중의 하나인 것이 사실이다. 그러나 자기 자신의 판단력에 대한 끝없는 회의와 모색 끝에 얻어지는, 먼 앞날을 투시할 수 있는 올바른 역사의식과 가치관에 의한 결단으로서의 신념이 아니고서는, 실상 무작정의 신념처럼 위험한 것은 없다. 그렇게 되면 신념은 독선이 되기 쉽기 때문이다.

우리나라의 전통적인 선비정신은 그 지조와 절개로 역사발전에 큰 공헌을 한 것이 사실이다. 그러나 극단적이고 편협한 신념 때문에 발전 가능성을 확대시키지 못하고 정체상태에 머물고 만 경우도 많은 것 같다. 세상이 깨끗하면 나와서 벼슬을 살고, 세상이 더러우면 산 속에 들어가 숨어버린다는 식의 은둔주의적 사고방식은, 곧 명분 위주의 현실 도피적이고 소극적인 사람들만을 올바르고 꼿꼿한 인간으로 보게끔 만들어놓았다.

그러다 보니 선비나 지식인들은 반드시 야당적이어야 하고

적극적으로 현실참여를 해서는 절대로 안 되며, 항상 비판적
이어야 한다는 무슨 통념 같은 것이 형성된 것 같다.

　나는 그릇된 신념을 갖는 것보다는 아예 신념이 없는 편이
차라리 낫다고 생각했다.

돌이켜 인류의 역사를
살펴보면 지진, 화재,
홍수 등 천재지변으
로 인한 피해보다도
훨씬 더 참혹한 피해
가, 인간의 그것도 아주

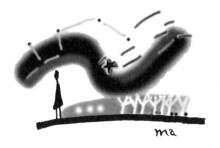

우수하고 탁월한 인간의 신념 때문에 빚어졌다.

　역사상의 큰 전쟁들은 모두 몇몇 통치자들과 우수한 지도
자와 지식인들의 애국적 대의명분이나 종교적 신념 때문에
수행되었으며, 중세기 암흑시대의 성직자들은 성스러운 신념
을 가지고 진리를 말하는 갈릴레오를 단죄했고 수많은 여인
들을 마녀라는 죄목으로 화형에 처했던 것이다. 신념이 폭력
화하여 횡포를 부릴 때, 그 피해는 이루 형언할 수 없으리만
큼 큰 것이다.

　맹자는 "소오어지자 위기착야(所惡於智者 爲其鑿也)"라고 말
한 바 있다. 참된 지혜를 가진 사람이 미워하고 꺼리는 것은

천착이라는 뜻이니, 한 가지 신념만을 고집하여 파고드는 것은 군자가 취할 올바른 학문의 방도가 못 된다는 의미이다. 서양의 학문이 형이상학을 중심으로 하는 외골수의 분석과 천착에 전념하는 것이었다면, 동양의 학문적 전통은 폭넓은 식견을 바탕으로 하는 전인적 인격의 함양에 있었다는 것을, 나는 이 한마디로 간파할 수 있었다.

인간해방을 꿈꾸는
외로운 페티시스트

　나의 경우, 열여덟 살 전후까지는 비록 자잘한 육체적 아픔들을 겪었을망정 그래도 정신적으로는 철없이 순진한 낙관주의를 견지하고 있었다. 무엇보다도 나는 '사랑'에 대한 낭만적인 기대와 희망에 부풀어 있었다. 그리고 사랑 가운데서도 정신 중심의 플라토닉한 사랑에 중점을 두고 있었다. 물론 육체적 욕구를 아예 무시할 수는 없었다. 그래서 나는 남들이 보통 그러는 대로 '정신'이 주(主)가 되고 '육체'가 부(副)가 되어 서로 조화를 이루는 사랑을 꿈꾸었고, 또 그런 사랑이 어느 정도 가능하리라고 믿었다.

　하지만 그 이후로 나는 연애와 이별 등 개인사적(個人史的)

으로 중요한 몇 가지 사건을 경험하면서 생각이 흔들리게 되었다. 그리고 내 나름의 절실한 '앎에의 욕구'에서 출발한 간접경험(주로 동양철학과 한방의학 이론, 그리고 정신분석학)을 통해 많은 것을 배우게 되었다. 그 결과 나는 인간의 정체와 내가 꿈꾸어온 욕구의 정체에 대해서 어렴풋하게나마 윤곽을 잡을 수 있게 되었던 것이다.

　내가 진짜 마음속으로 꿈꿔온 사랑은 정신적인 것이 아니라 육체적인 것이었고, 현실에서 가능한 사랑이 아니라 일종의 관능적 판타지였다. 열여덟 살 때까지만 해도 나는 시에서건 산문에서건 육체와 정신, 관능적 상상과 실제적 현실 사이에 교묘하게 양다리 걸치는 글을 쓰고 있었는데, 나중에 가서 생각해 보니 그때 내가 '보다 시원한 배설'과 '보다 짜릿한 글쓰기의 기쁨'에 굶주려 있었던 것은 그런 심리적 이중구조가 원인이었다는 것을 알게 되었다.

　사람은 밤에는 잠을 자고, 잠 잘 때는 꿈을 꾸며 살아가는 존재이다. 꿈이 없는 잠은 건강하지

못한 잠이며, 꿈속에 나타나는 비현실적이고 변태적인 판타지에 대해 규범적 윤리나 리얼리즘의 잣대를 들이대는 것은 부질없는 짓이다. 우리는 꿈속에서 맛보는 탐욕스럽고 황당 무계한 경험들을 통해 동물적 본능을 간신히 충족시키며 살아간다. 꿈속의 판타지조차 없다면, 우리는 극단적 금욕주의자나 극단적 쾌락주의자가 되어 미쳐버릴 수밖에 없다.

그러나 밤에만 수동적으로 꿈을 꾼다는 것은 무척이나 감질 나는 일이다. 그러므로 대낮에도 꿀 수 있는 꿈을 창조해 낼 필요가 있다. 그래서 생겨난 것이 바로 시, 소설, 영화 등의 예술이라고 할 수 있다.

어렸을 때부터 나의 관능적 상상의 이미지 대부분을 차지하고 있는 것들은 '여인의 긴 손톱'을 중심으로 하는 각종의 페티시(fetish)였다. 나는 이런 상상적 습벽(習癖)을 남자들이 공통적으로 갖고 있는 그저 그런 성적(性的) 기호(嗜好) 정도로만 알았다. 그런데 나중에 가서 그것을 주위 사람들의 성적 기호와 비교해 보니, 보편적인 게 아니라 좀 특별하고 비상식적인 것이어서 부끄러워졌다.

하지만 차츰 나이를 먹어가면서 내가 갖고 있는 유별난 관능적 기호에 대해 일종의 체념 비슷한 것이 생겼다. 그리고

그런 성적 기호를 오히려 당당하고 긍정적인 측면에서 수용
해야겠다고 결심하기에 이르렀다.

　그래서 나는 결국 '관능적 상상력을 통해 인간해방을 꿈꾸
는 외로운 페티시스트(fetishist)' 이외엔 아무것도 아니라는 결
론을 내리게 되었다. 나의 생명을 지탱하기 위해서는 관능적
상상력이 필수이고, 또 어떤 형태의 관능적 상상이라 할지라
도 그것에 현실적 논리가 개입돼서는 안 되며, 관능적 상상력
이 결국 모든 문화발전의 원동력이 되어 준다는 사실을 확신
하게 됐다고나 할까.

　그 이후로 나는 시든 소설이든 모든 문학작품을 습작할 때
근본적 창작동기를 '판타지의 창조'에 두었다. 그러나 아직도
이 땅에서는 낭만주의 이론보다는 리얼리즘 이론이 더욱 호
소력 있게 문학창작가나 평론가들에게 먹혀 들어가고 있는
것 같았다.

　물론 그런 사람들의 문학관이 그릇된 것이라고는 말할 수
없었다. 하지만 나는 한 나라의 문학이 자유롭게 발전하려면
리얼리즘과 낭만주의가 사이좋게 공존해 나가야 한다고 믿기
때문에, 획일적이고 흑백논리적인 문학관이 못마땅하게 느껴
졌던 것이다.

리얼리즘이 꼭 현실의 반영이어야 한다는 주장에도 나는 찬동할 수 없었다. 어찌 보면 모든 문학작품은 다 리얼한 것이다. 낭만적 환상을 소재로 글을 쓴다 할지라도, 기법적으로 환상을 얼마나 '리얼하게' 묘사해 내느냐에 중점을 둬야 한다.

물론 그때나 요즘에나 얘기되는 리얼리즘은 묘사적 기법 위주의 리얼리즘이 아니라 일종의 '비판적 리얼리즘'이긴 하지만, 아무튼 나는 인간의 마음속에 품고 있는 생각—이성적 판단에 의한 것이든, 감성적 공상에 의한 것이든—을 묘사한다는 점에 있어서는 낭만주의와 별 차이가 없다고 생각했다.

내 청춘의 연애 판타지

　나는 원래 몸이 약질이라서 그런지, 어렸을 때부터 여성을 오직 시각적 대상으로만 놓고 바라보기를 좋아했다. 말하자면 여성을 성적 교합(交合)의 대상으로보다는 '아름다운 완상물(玩賞物)'로 바라보기만 했다는 뜻이다.

　스무 살 전후의 혈기왕성했던 대학 시절(아무리 약질이라도 그 나이 때는 역시 왕성한 성욕을 간직하고 있는 법이다)에도, 나는 거의 삽입성교 식 성관계를 가져보지 않았다. 그래서 친구들에게 이끌려 여자가 있는 술집에 가거나 또는 더 나아가 몸 파는 아가씨들이 있는 곳까지 가게 되더라도 나는 삽입의 욕구를 참아낼 수 있었다.

　그 까닭은 내가 남성의 정조를 귀하게 여겨서였다기보다는 도저히 그런 행위—사랑도 없고 관능적 상상력의 자극도 없으며, 다만 신경질적인 배설만 있는—를 해볼 엄두가 나지 않아서였다. 그런 이유로 나는 스무 살 때까지 거의 동정을 간직하게 되었는데, 그래서 친구들 사이에서는 "쟤가 아무래도 고자거나 발기 불능인가 봐"라는 말이 돌았을 정도였다.

　물론 연애를 하기는 했다. 그리고 여자와 같이 자기도 했다. 하지만 거의가 짙은 애무에만 그쳤을 뿐 성행위까지 간 적은 별로 없었다. 그래서 많은 여자들이 나의 박력 없고 소심한 성격에 질려 도망을 갔고, 그 덕분에 나는 별로 연애 후유증 같은 것을 겪어본 적도 없었다. 친구들은 연애했다 하면 애인한테 덜컥 임신시켜 놓기도 잘했고, 유산시킬 돈이 모자라 내게 꾸어간 친구도 있었다.

　그런 식의 연애는 대개 뒷맛이 꺼림칙하여 연애 후유증을 남겨놓기 마련이다. 그런데 내 경우는 대개 여자들 쪽에서 먼저 도망을 갔고, 또 설사 내 편에서 싫증을 내어 그만둔 여자라 할지라도, 나중에 보면 그렇게 된 것을 여자들이 은근히 고마워하는 눈치였다.

　내가 꼭 육체적 합일(合一)에 의한 사랑의 확인에 미온적인 태도를 보여주어 그랬던 것은 아니다. 대개의 여자들은 내가

까다로운, 때로는 변태라고까지도 생각하게 되는 나의 심미
안을 충족시켜달라고 끊임없이 보채대는 것에 진력이 나 있
었던 것이다. 손톱을 길게 길게 길러라, 매니큐어 색깔은 될
수 있는 대로 그로테스크한 것(까만색이나 파란색 등)을 칠해라,
하이힐도 아주 송곳 같은 높은 굽으로, 화장은 덕지덕지, 귀걸
이는 크고 무거운 것으로, 헤어스타일은 이집트식으로……
이렇게 매일같이 칭얼거리는 내가 그만 역겨워졌으리라.

　물론 나와 기막히게 꿍짝이 잘 맞는 여자가 이 세상에 전혀
없는 것은 아니었을 것이다. 남자에게 예쁘게 보이기 위해서
가 아니라, 스스로의 나르시시즘적 만족을 위해서 자신의 외
모를 가꾸는 것에서 일종의 관능적 법열감(法悅感)을 느끼는
여자가 어딘가 틀림없이 있기는 있었을 것이다. 그러나 그때
뿐만 아니라 아직까지도 나는 완벽하게 그런 여자를 만나보
지 못했다. 불행한 일이다.

　아무튼 그런저런 경험들을 통하여 나는 내가 페티시스트
(fetishist: 이성의 육체 중 긴 손톱, 긴 머리카락, 긴 다리 등의 특정 부분
이나 이성의 육체에 부착된 특이한 장신구, 의상, 하이힐 등 특정 물체를
바라볼 때 생겨나는 관능적 상상을 통해 성적 오르가슴을 느끼는 사람)
라는 것을 알게 되었다. 그리고 그런 취향이 변태성욕 때문이
아니라 나의 유미주의적 예술관과 독특한 미관(美觀) 때문이

라는 것을 깨닫고 나면서부터 그런 여성관을 일단 나의 아이
덴티티로 받아들이기로 했다.

　여러 여자들을 만나보고, 또한 여러 가지 책을 통하여 여자
(또는 인간)의 속성에 대해 공부하다 보니까, 나는 여자건 남자
건 두 가지 타입이 있다는 것을 알게 되었다. 하나는 관능형
(官能型)이고 다른 하나는 다산형(多産型)이다.

　관능형의 사람이란 관능적 상상력이 발달한 사람으로서 사
랑을 오직 쾌락원칙에 따라 받아들이는 사람이다. 여자로 따
진다면 사랑이 자식보다 더 중요하다고 생각하는 여자가 여
기에 속한다. 남자도 비슷해서 평생 연애만으로 시종하는 예
술가형의 사람들이 바로 관능형의
남자다. 그들 역시 종족 보존이
나 가문의 번창 등에는 관심이
없다. 윤리나 의무보다 개인의
이기주의적 쾌락을 더 중요시
한다.

　다산형의 여자는 사랑을 쾌
락원칙으로 받아들이는 것이
아니라 '임신을 위한 준비과정' 정

도로만 받아들이는 여자다. 이런 유형의 여자들은 관능적 상상력보다는 실제적 생활에 관심이 많고 특히 경제적인 면에 밝다.

남자도 마찬가지여서 마누라보다는 자식에 더 집착하여 여기저기 씨 뿌리는 데 총력을 집중한다. 이를테면 사업가형의 사람인데, 이들은 여러 여자를 거느리고 사는 수도 있긴 하지만 진짜 사랑 때문이라기보다는 단지 씨 뿌릴 수 있는 많은 밭을 소유하고 싶은 욕심 때문에서이다.

그러나 다산형의 사람들이 모두 다 자식에게만 집착하는 것은 아니다. 돈, 명예, 내세(來世)를 위한 준비로서의 종교적 광신, 우표, 고서적, 미술품 등을 미친 듯이 사들여 모아놓고 좋아하는 수집벽, 저술업적에의 집착과 욕심, 보수적 윤리를 핑계로 한 사디스틱하고 엄격주의적인 생활태도 및 가부장적 권위주의 등으로 그들의 욕망이 변형·전이(轉移)되어 나타나기도 한다.

내가 공부해 본 바로는 순수한 관능형의 남자나 여자는 총인구의 10퍼센트 정도에 불과하고, 그중에서도 대부분의 사람들이 후천적 가정환경이나 피교육기간 중의 윤리적 세뇌에 의하여 자신들의 본질을 망각해 버리고 살아간다. 그러니까 진짜로 실천적인 관능형의 남자나 여자는 극히 드물다.

진짜 관능형의 여자는 키스만 해도 다르다. 입을 적극적으로 벌릴뿐더러 혓바닥을 힘차고 활기 있게 사용한다. 그러나 다산형의 여자는 키스 자체를 왠지 불결한 행위처럼 생각하여 약간 움츠러드는 경향이 있다. 진짜 관능형의 여자, 겉과 속이 다 야하디야한 여자, 손톱을 길게 기르면서도 조금도 짜증 내지 않는 여자, 그런 여자를 나는 만나고 싶었다.

그래서 나는 나의 온 청춘을 그런 여자를 찾는 데 허비해버렸다. 그러고는 이렇게 형편없이 겉늙어버렸다. 정말 그런 여자를 만나고 싶다, 아니 그저 바라보기만 해도 좋겠다, 라고 생각하며 나는 서서히 나의 생식적 본능과 팔팔한 정력을 헛되이 쇠진시켜 버리고 있었던 것이다.

나는 내가 바라는 것보다는 짧더라도 그래도 웬만큼 긴 손톱을 가진 여자나 높은 뾰족구두를 신은 여자의 사진이 실려 있는 외국 잡지를 찾아 헤매었고, 요행히 그런 잡지를 만나면 밤새워 그림 속 여인의 긴 손톱 그리고 높은 뾰족구두 또는 퇴폐적인 의상이나 장신구 등의 페티시(fetish: 페티시즘의 대상, 즉 페티시스트의 성적 숭배물) 등을 통하여 솟구쳐 오르는 본능적 욕구를 잠시 달래보는 관음자(觀淫者), 그것도 내 앞에 실제로 존재하는 여성의 관음자로서가 아니라 그림책의 관음자로 전락해 가고 있었던 것이다.

그러다가 나중에는 도저히 사진만으로는 만족할 수 없어, 내 관능적 상상력을 총동원하여 상상 속의 페티시들을 통한 자위행위로 상습적인 욕정을 달래보곤 하는 지경에 이르게 되었다.

어떤 면에서 본다면 그런 '허무한 짝사랑'이 나의 상상력을 남보다 유별나게 키워주었음에 틀림없다. 하지만 역시 나는 외로웠다.

여행을 떠나요

　내설악 백담사…… 울창한 숲이 있고 시원한 청류가 흐르는 계곡 옆에 있는 절. 지금은 개축되어 옛 정취가 사라졌다. 한겨울에 벽난로의 장작불만 보며 게으름 떨던 '백담산장'이 그립다.

　천성이 게으른 체질이라 많은 곳을 가보지는 못했다. 하지만 그래도 기억에 남아 있는 곳은 인적이 드물어 호젓한 고독을 즐길 수 있었던 외딴 곳들이다. 요즘은 어딜 가도 차량과 사람의 홍수라 쉽사리 여행을 떠날 생각이 나질 않는다. 그래서 내 기억에 남아있는 여행지들은 대개 오래 전 20대 시절에 가봤던 추억의 장소들이다.

　　내가 대학 학부와 대학원 시절에 제일 많이 찾아갔던 곳은
역시 내설악 백담사 계곡이다. 요즘은 용대리에서 백담사까
지 가는 오솔길이 넓은 도로로 바뀌고 아스팔트로 포장되어
옛날의 정취가 사라져버렸다. 그전에는 8킬로미터가 넘는 꼬
불꼬불한 계곡 길을 걸어서 올라가는 운치가 대단했다.

　　울창한 숲 사이로 시원한 청류가 흐르고 자동차가 지나가
지 못하는 좁은 황톳길이라 소수의 등산객들만 지나갔다. 백
담사 근처에 있었던 백담산장은 나무로만 지어진 이국적인
건물이었는데 이 건물도 요즘은 시멘트 건물로 개축되어 정
감이 줄어들었다.

　　나는 주로 남자 친구
들(때로는 여자 친구들과
함께)과 백담산장에 머
물며 가야동 계곡이나
망경대 또는 오세암까
지 왔다 갔다 하며 한적
한 자연을 즐겼다. 특히
한겨울에 백담산장을 찾아 열흘 정도 머물렀던 일이 가장 또
렷한 기억으로 남아 있다. 특별한 산행도 하지 않고 벽난로의
장작불을 바라보며 느긋하게 시간을 때워나갔다. 그때가 몹

시도 그리워진다.

　그 다음 기억에 남아 있는 곳은 외딴 바닷가들이다. 서해의
이작도(인천에서 배를 타고 7시간이나 가야 하는 먼 곳이었다)나 원
산도(장흥에서 멀리 떨어져 있는 섬), 남해의 연대도(통영에서 3시간
거리) 같은 섬에 붙어 있는 작은 해변들이 정말 좋았다. 해수
욕장으로 개발돼 있지 않았을 때 찾았기에 제대로 된 숙박시
설이 없었다. 민박을 했는데 해수욕객이 전혀 없는 바닷가가
그렇게 호젓할 수가 없었다.

　밤만 되면 칠흑같이 캄캄해지는 해변을 달빛과 별빛이 밝
혀주었고, 달빛 아래서 술 마시는 기분은 이태백의 신선놀음
이 따로 없었다. 그때 우리는 일부러 음력으로 보름이 되는
전후의 날짜를 골라 달밤의 해변을 찾아갔던 것이다. 아무리
소주를 마셔대도 싱그러운 공기 때문에 숙취가 생기지 않았
고, 아무리 담배를 피워대도 목이 아프지 않았다. 서울의 탁한
공기와는 너무나 다른 청정한 공기 탓이었다.

　파도소리를 들으며 아련한 낭만과 노스탤지어에 가슴 부풀
어 했고, 같이 간 여자 친구가 있을 때는 부질없는 욕정에 가
슴을 두근거려 보기도 했다. 특히 연대도 서쪽 해변의 저녁노
을은 잊히지가 않는다. 핏빛으로 불타는 황혼이 황갈색 기암

괴석들과 어우러져 미치도록 야한 분위기를 만들어냈다.

그리고 대학 3학년 여름방학에 여자 친구와 처음 들른 제주도 서귀포의 풍광이 좋았다. 돈이 없어서 배를 타고 갔는데, 서울에서 대전까지 3등 기차를 타고 가 거기서 다시 목포로 가는 기차를 갈아탔다. 유명한 가요인 〈대전 블루스〉에 나오는 가사 그대로 정말 '대전발 0시 50분' 완행열차였다. 목포에서 배를 10시간이나 타고 제주도로 갔다.

마침 연세대 철학과에 다니고 있는 친구가 제주도가 고향이라 방학 때 그곳에 내려와 있어, 그의 집에 머물며 셋이서 한라산 정상까지도 가보았다. 요즘처럼 도로가 뚫려있지 않아 성판악에서부터 산길을 타고 걸어서 올라가야 했다.

그밖에 여러 해변들과 지하 동굴인 만장굴에 가보았고 서귀포에도 갔다. 천지연 폭포와 정방폭포의 멋진 경치가 좋았다. 그리고 경치도 경치지만 밤에 부둣가로 나가 선창의 밤 풍경을 보는 맛이 일품이었다. 우리는 고기잡이를 끝내고 막 돌아온 어선에서 싱싱한 횟감을 사 그것을 안주로 소주를 마시며 밤새도록 많은 이야기를 나눌 수 있었다.

서귀포는 또 빨간 벽돌로 지어진 파라다이스 모텔을 가지고 있어서 더욱 멋졌다. 최근에 개축된 대형 호텔이 아니라 스페인의 별장을 연상시키는 소규모 모텔이었다. 특히 허니문 하우스라는 별채에서 맥주를 마시며 바다를 바라보는 맛은 별미였다. 국내에서 이보다 더 전망 좋은 장소는 찾을 수 없을 것 같았다.

청춘 앞에 자리한
의(義) · 식(式) · 주(酒) 이야기

I. 의(義)

대학 1학년 때(1969) 얘기.

퇴계로에서 허기진 배를 달래가면서 동대문까지 걸어야 했다. 주머니엔 버스표 한 장. 유난히 쨍쨍한 오후의 태양. 얼굴이 따가웠다. 나의 옆을 스쳐가는 사람들—늙은이, 젊은이, 어린이—모두 생기를 잃은 눈. 희미한 걸음걸이. 약 30분 후에 가까스로 신설동행 버스를 탔다. 버드럭거리면서 밀치고 밀리는 승객들. 마치 벌떼 같다. 아까 모처럼만에 본 영화에서 받은 감동은 일시에 사라져버렸다. 버스는 승강이하는 승객들을 그런대로 수습하고 움직이기 시작했다.

차창으로 비치는 풍경을 바라본다. 육교를 올라가는 노파의 구부러진 허리. 축 늘어진 구두닦이 아이가 노파의 뒤를 따른다. 초등학생의 기울어진 한쪽 팔, 묵직한 가방. 이상한 모양의 모자를 쓴 고등학생. 나는 피로한 눈을 차창 밖에서 떼었다.

고개가 삐뚤어진 어린아이를 업고 서른 안팎의 여인네가 내 앞에 서 있었다. 일어나야만 한다. 제기랄, 애써 잡아논 자린데. 일어서기도 전에 당연하다는 듯 엉덩이를 뒤로 돌리는 부인에게 왠지 동정보다는 얄미운 기분이 앞선다. 일어서니 힘이 쭉 빠지는 것이 정말 죽을 맛이다. 내 몸에 밀착된 주위 사람들의 살결들, 퇴비 속에라도 들어간 듯이 확확 뜨겁게 감촉된다. 또 그들의 단내 나는 입김, 숨결, 피로한 얼굴들. 여간 불쾌하지가 않다.

나에 대한 혐오가 치밀어온다. 차라리 눈을 감는다. 손잡이에 몸을 맡기고 무감각하게 차체의 움직임에 따라 덜렁덜렁 움직일 뿐이다. 주위의 불쾌한 감촉에 나는 분명히 지쳐 있다. 더욱 뚜렷이 들리는 숨소리. 모든 것이 귀찮다. 나는 분명히 지쳐 있다. 더욱 뚜렷이 들리는 숨소리. 모든 것이 귀찮다.

갑자기 내 앞에 있던 아기의 울음소리. 전율처럼 자극적이다. 악몽에서라도 깨어난 듯이 눈을 번쩍 떴다. 좁은 자리에 끼여 앉은 부인네 등의 아기가 차의 급정거 때문에 차체에 머리를 부딪혔기 때문이다. 부인은 얼른 아이를 옆으로 돌리고 앞가슴을 헤친다. 꾀죄죄한 손이 젖을 힘껏 움켜잡고 빤다. 아이나 어머니나 이마에 송골송골 땀이 맺혔다.

차는 여전히 느릿느릿 달린다. 손님들 사이로 보이는 극장 프로. 차와 사람들의 대열. 내 귀는 이미 청각을 잃었다. 그림처럼 움직이는 생명력 없는 사물들, 외국영화를 보는 듯이 나는 자막이 필요하다. 권태로운 눈동자들이 충격적인 움직임을 기다리고 있다. 갑자기 백차의 요란한 사이렌 소리가 들렸다. 그 뒤를 이어 무장 경찰을 실은 트럭들이 부산히 스쳐간다. 차내 승객들은 흥분하기 시작했다.

"데모다, 어디서 데모가 났다."

창밖을 기웃거린다. 차내는 생기가 돌기 시작했다. 잠시 후 앞차 꼬리를 물고 버스가 정지했다.

순경들과 학생들의 충돌이 벌어진 것이다. 최루탄을 쏘자 학생들이 우르르 흩어진다. 유난히 입을 크게 벌리고 소리 지르던 학생이 순경에게 붙잡혔다. 머리 터진 학생이 보도 위를 쏜살같이 달려간다. 자꾸 돌멩이가 날아왔다. 미처 닫지 못한 상점의 유리창이 깨어졌다. 구경하던 시민들의 눈에는 모두 눈물이 흘러내리고 있었다.

　한 여인이 수건을 눈에 대고 골
목으로 피해 뛰어가다 넘어졌다.
차내에는 웃음이 터진다. 순경의
얼굴에 쓴 투석망(投石網)과 가스
마스크가 우리를 더욱 흥분케 한다.

　약 20분 만에 돌멩이가 너절하게 깔린 거리
엔 차들이 움직이기 시작했다. 매캐한 냄새에 눈이 벌겋게 충
혈됐어도 마음은 한결 가벼워진 기분들이다. 버스는 다시 한
참을 달렸다. 7월의 대기에 승객들은 다시 눈이 게슴츠레해
졌다. 나는 마음의 여유를 가지려고 노력했다.

　참 이상한 일이다. 나의 대학 1학년은 데모를 옆에서 지켜
보거나 데모에 참가하는 것으로 끝이 난 것 같다. 그 긴 휴교
의 '가을 방학' 기간 동안 나는 유용한 시간들을 많이 가졌고,
학교 뒤 숲을 거닐며 사색의 시간들을 보낼 수가 있었다.

　중3 때는 한일회담 반대 데모, 고2 때는 부정선거 반대 데
모, 대학 1학년 때는 또 삼선개헌 반대 데모―꼭 나의 학창
시절에는 2년마다 한 번씩 데모가 터졌다. 그때마다 우리는
과제 없는 긴 방학을 가지게 되었고, 그때마다 나는 새삼 '의
(義)'란 것이 무엇인지 생각해 보기 시작했던 것이다.

Ⅱ. 식(式)

대학 2학년 때(1970) 얘기.

10월 9일 한글날이었다. 두 달 반 동안이나 준비했던 우리 과(科) 연극의 첫 회 공연날이다. 9일은 마침 공휴일인 데다가 금요일이었기 때문에 금·토 이틀을 경영대학원 강당에서 공연하려고 포스터까지 인쇄해서 붙였던 우리에게 새로운 난관이 생겼다(사무엘 베케트의 〈노름의 끝장〉이었는데, 나는 거기서 '햄'이라는 반신불수의 주인공 역을 맡고 있었다).

학교 측에서는 그날이 공휴일이라고 절대로 경영대학원 강당(공연 장소)을 빌려줄 수 없다고 나온 것이다. 당초에 그것을 예상해서 부총장의 도장까지 받았으나 경영대학원 측에서는 막무가내였다. 총장에게 몇 번씩이나 올라갔으나, 총장은 총장대로 경영대학원 원장의 허락이 있으면 도장을 찍어주겠다는 것이다.

그래서 경영대학원 원장에게 가면 그분은 또 총장의 도장이 있으면 할 수 없어서라도 허락할 수밖에 없을 것이 아니겠느냐고 발뺌을 했다. 이러니 난경(難境)이었다. 10월 8일 저녁 8시까지 우리들은 모두 기가 막힌 표정들을 하고 있었다. 강당을 열어주질 않기 때문에 총연습도 해보지 못한 것은 물론이고 무대장치조차 하질 못했다. 그러다가 모두들 지쳐서 쓰러져버릴 것만 같은 절망적인 표정들이었다.

그때 기획을 맡은 이 군이 한 가지 묘안을 냈다. 최후로 총장 공관에 가서 통사정을 해보자는 것이다. 그래서 우리들은 다시 최후의 용기를 내서 총장 공관을 대거 급습(?)했다. 그런데 또 총장이 어디 가서 아직 안 왔다는 것이 아닌가. 우리들은 참으로 아연해졌다. 그래서 마당에서 그냥 '죽치기'를 시작했다.

그러기를 한두 시간 하자 그제야 총장이 늦게 들어온다. 그리고 우리들 10여 명의 통사정. 처음에는 안 될 듯하던 협상이 11시가 다 돼서야 간신히 이루어졌다. 그것도 경영대학원 원장이 직접 오기까지 해서 말이다.

그만큼이나 총장은 꼼꼼한 성격이었다. 그래서 강당을 깨끗이 써야 한다는 원장의 엄한 설교를 20분쯤 듣고, 잠자는 관리 아저씨를 깨우는 데 한 30분 걸리고 해서 결국 우리가 강당 안에 들어간 것은 12시가 훨씬 넘어서였다. 얼마나 감격스러운 기분이었던지. 우리들은 정말 눈물이 날 것만 같았다.

그때부터 밤을 꼬박 새우며 무대장치를 하기 시작했다. 그래서 무대장치가 거의 다 끝난 것이 9일 오후 4시가 다 되어서이다. 다행히 9일은 7시 한 차례밖에 공연을 하지 않기로 했기 때문에 그것은 그리 문제될 것이 없었다. 그런데 문제는 그날 우리 연기자들의 건강이었다. 밤을 꼬박 새운 뒤에 공연을 하려니 오죽이나 몸이 고단했을까. 아무리 생각해도 그날 저녁의 공연은 기적같이 여겨진다.

거기다가 덧붙일 것은 그날의 조명 얘기다. 이상하게도 조명을 맡은 사람이 오지를 않는다. 계약금까지 주고 계약을 했는데 9일 아침에 연락이 오기를 다른 연극 때문에 할 수 없이 못 오겠다는 것이다. 그것도 미안하다는 말 한 마디 없이. 기가 막힐 노릇이었다. 그런데 여기에 기적이 또 발생했다. 하려고 맘만 먹으면 연극이란 것은 어떻게 해서라도 되게 마련인 모양이다.

우리의 현명하신 연출께선 낙망하는 표정 하나 없이 곧 비상책으로 조명을 준비하기 시작한다. 작은 소켓들과 전구를 여러 개 사오고 그것을 연결하여 작은 라이트를 한 열 개쯤 조립했다.

그것을 만들 때의 심정이 오죽했으랴. 공연시간은 임박해 오고, 사람 손이 모자라 우리 연기자까지 총연습 한번 못해보고 그것 만드는 데 시간을 소비했으니 똥줄이 타는 것은 우리 연기자들이었다.

연극을 망치고 말 것 같은 불안감. 혹시나 대사를 까먹지나 않을까 하는 걱정. 하여튼 그런대로 작은 라이트들은 준비가 되었으나 스포트라이트 등 큰 조명이 문제였다.

이 궁리 저 궁리 하다가 내가 묘안을 짜내었다. 환등기로 조명을 하면 어떻겠냐는 생각. 모두들 손뼉을 치며 찬성했다. 그래서 즉각 학교 시청각교육실을 급습해서 있는 환등기를 모두 동원하고 보니 환등기가 3개 되었다. 그것을 조명기구로 사용하고 보니 그런대로 되기는 되는데 기계에서 치르르르……하는 잡음이 나온다. 그것을 막으려면 더 큰 소리로 연기를 해야 된다는 연출의 불호령.

아무튼 환등기로 조명을 한 연극은 어떤 연극에서나 그 유례를 찾아보기 힘들 것이다. 그러나 그날 저녁 우리 연극을 본 관객들이 그것을 욕하는 소리를 나는 그 후 듣지 못했으니 환등기 조명은 성공한 셈이라고나 할까. 열성 있는 연기로 모든 약점들을 극복한 것 같다.

　　그날 첫 공연을 무사히 치른 우리들은 몰린 잠을 달게 자고 10일 낮 3시 공연을 하려고 다시 다음날 준비를 했다. 헌데 설상가상이다. 3시가 되었는데도 전기가 들어오질 않는다. 오후엔 들어올 거라는 관리자 아저씨의 말을 믿은 게 잘못이었다. 기가 콱 막히고 눈물이 나온다. 그런데다가 관객은 왜 그리 많이 몰려들 왔는지 500석 강당 안은 입추의 여지가 없었다.

　　4시가 되도록 한 시간이나 공연을 연기했으나 불이 들어올 것 같지가 않았다. 관객들의 아우성. 그래서 어떤 사람은 노천강당에서 연극을 하자, 또 어떤 사람은 그냥 촛불이라도 켜고 하자 하며 옥신각신하다가 결국 촛불을 켜기로 낙착, 초를 5천 원 어치나 사다가 불을 붙이고 나니 4시 30분이다. 관객들은 우리 연극을 한 시간 반 동안이나 참을성 있게 기다려준 것이다.

　　그동안 기획을 맡은 이 군은 전기책임자를 찾았으나(열쇠를 갖고 있다는 것이다) 또 그 사람이 예비군 훈련을 나갔다는 게 아닌가. 그래서 택시를 타고 그 사람을 찾아가서 겨우 불이 들어온 것은 6시쯤, 촛불을 켜고 엉성하게 연극을 해서 연극이 거의 다 끝나갈 무렵이었다.

그런데 묘한 것은 그날 관객들의 반응이다. 촛불을 켜고 한 것이 오히려 더 인상적이었다고 하니, 참으로 다행스럽고도 황송한 노릇이었다. 아무튼 내 짧은 생애에서 이처럼 숨 가쁘게 당황했고 초조했던 순간은 없었다. 연거푸 이틀을 우리들은 초긴장 상태로 보낸 셈이다.

그날 저녁 공연이 끝나자 나는 그냥 드러눕고 말았다. 그 다음 주간이 시험기간이었는데도 난 그냥 계속 결석을 하고 말았다. 아무튼 대학 2학년을 결산하는 이 연극의 '식(式)'을 나는 굉장히 인상적으로 치러낸 셈이었다.

Ⅲ. 주(酒)

대학 3학년 때(1971) 얘기.

3학년이 되자 느는 것은 술뿐이었다. 그리고 입이 점점 고급이 되어가는 것이 변화라면 변화였다. 우리 모친의 말씀대로 벌어오는 것은 한 푼도 없는 놈이 술은 생맥주만 마시려고 하니 이게 탈일 수밖에 없었다. 그 덕분에 술 마시는 빈도가 뜸해진 것은 고급화된 입맛이 가져다준 덕이라고나 할까. 돈은 없는 데다가 맥주를 마시려니 자연 그 횟수가 뜸해질밖에 없었다.

아무튼 3학년이 되어서 내가 느낀 것은 나는 너무도 허무하게 대학 시절을 보내고 말았다는 것. 아직도 졸업을 하려면 많은 시간이 남았는데 미리 마음이 늙어버리고 말았다는 것이다. 아마도 내가 조로증(早老症)에라도 걸린 모양이다.

3학년에 와서 가장 뼈저리게 느낀 것은 내가 1, 2학년 동안에 '고독을 혼자서 처리하는 법'을 미처 못 터득했다는 사실이다. 아직도 나는 혼자 있는 것을 두려워하고, 동아리 활동이다, 연극이다, 교지 편집이다 해가며 그저 분주하게 뛰어다니는 것으로 시간을 메꿔나가야 하고, 잡다한 망상과 여자 생각으로만 사색의 시간을 보내야 된다는 게 정말 억울했다. 허나 타성이 붙어버렸기 때문인지, 나는 그러한 습관을 쉽사리 버릴 수 있을 것 같지 않았다.

또한 그러한 모든 잡념과 걱정들을 제거하려고 내가 매일같이 찾았던 술—그것이 그때쯤엔 여간 역겨운 것이 아니었다. 어떻게 그것 없이 나 스스로 나의 내부의 영역에 들어앉아 내 나름대로 고독을 처리해 나갈 수는 없는 것일까, 나의 사색을 다시 정리해 볼 수 있는 여유를 가질 수는 없을 것일까, 하고 나는 생각했다.

PART **4**

★

그래도
아름다운 시절

가을 비가(悲歌)

오지 않나 보다
어디 꼭 가야 할 곳이 있나 보다.

이 가을엔
귀신들 소리마저 아예 슬프니

풀벌레는 방으로 찾아와
밤새워 끼룩끼룩 울음을 운다.

흔들리며 깜빡이는 숲 너머 등불 사이로
부질없이 죽음을 내다보는 밤,

아, 웬일일까, 이별도 없는데
별다른 슬픔도 없는데

낙엽 지는 소리에
마음은 벌써 늙는다.

청춘의 동행, 술과 성(性)

자고로 영웅호색(英雄好色)이라고 했다. 그런데 호색(好色)하다보면 호주(好酒)하게 마련이어서, 언제나 주(酒)와 색(色)은 서로 붙어 다닌다. 그러니까 '영웅호주색(英雄好酒色)'이라는 말이 더 정확한 표현이 될 것이다.

내가 젊었을 때도 "주색 때문에 망한다"는 말이 곧잘 쓰였다. 그만큼이나 사람들이 주색에 빠지기 쉽다는 얘기였다. 하지만 나는 주색도 잘만 이용하면 사람을 망하게 하는 것이 아니라 거꾸로 흥하게 만들 수 있다고 보았다.

인간이 평생 동안 추구하는 쾌락은 결국 단 두 가지다. 하나는 섹스의 쾌감이요, 하나는 먹는 쾌감이다. 그런데 먹는 것

가운데서도 기호식품이 더 인기를 끈다. 그 가운데 가장 선두를 차지하는 것은 역시 술이다.

술과 성(性)의 관계를 생각해 보자. 나의 20대 시절 경험에 비춰 보면 언제나 사랑은 술과 함께 왔다. 술을 한 방울도 못 마시는 사람이 사랑을 할 때 도대체 어떤 방식으로 하는지 궁금해 했을 정도로, 나는 연애를 할 때마다 술에 절어 지냈다. 내가 소심한 성격의 사람이어서 그런지 몰라도, 술기운이 없이는 도무지 여자와 얘기를 할 수도, 애무를 나눌 수도 없었다. 아니, 그것보다도 술집 말고는 데이트할 장소가 별로 없었다.

남녀가 술을 안 마시는 경우, 대체 어떻게 데이트를 하나 하고 이 사람 저 사람한테 물어본 일이 있다. 대부분의 대답은 천편일률이었다. 저녁때 카페에서 만나 커피 한잔 마시고, 근사한 경양식집에 들어가서 어색하게 춤추듯 쌍칼을 놀려대며 저녁식사를 하고, 그러고 나서 연극이나 영화를 보러 간다는 것이었다.

나는 대학 시절에 데이트를 할 때 여자와 함께 영화나 연극을 보러 가본 일이 거의 없었다. 뭣 때문에 멍청하게 앉아서 스크린이나 무대를 애인 삼아야 한단 말인가, 하고 나는 생각했다. 물론 요즘엔 영화관에 '커플석'이라는 게 생겨서, 영화 보는 일은 핑계고 둘이 찰싹 붙어 앉아 안쓰러운 애무를 주고 받는 게 주목적이라고 한다. 하지만 그때는 영화관에 커플석이 없었다. 그래서 그냥 애인과 멍청하게 앉아 영화구경하는 것처럼 지극히 바보스러운 일도 없다고 생각했다. 그리고 설사 커플석에서 애무를 한다고 쳐도, 술기운이 없이 어떻게 애무를 할 수 있을까 하는 생각이 요즘 든다.

첫 키스, 첫 포옹, 첫 페팅…… 모든 것이 다 술기운의 힘을 빌려 이루어졌다. 술은 마음을 담대하게 해주고, 음탕하게 해주고, 또 낭만적으로 만들어 주었기 때문이다.

청춘 시절 짝사랑의 열병을 앓을 때, 나는 술에 만취된 상태로 여자의 집을 찾아가 야료를 부린 적이 많다. 처음엔 여자 쪽에서 질겁을 하다가도 종당에는 내 쪽으로 마음이 기울어 왔으니, 술의 힘이란 과연 위대했던 것 같다.

헤어질 뻔한 여자와 동침(?)해 본 것도 술 때문이다. 역시 대학 다닐 때 일인데, 여자가 그만 헤어지자고 하는 바람에 나는 술을 보통 때 주량보다 훨씬 더 마셨다. 그러니 자연 해롱거리게 될 수밖에. 나중에는 결국 웩웩 토하면서 쓰러져 인사불성이 될 수밖에 없었다.

여자애 생각에 비록 자기가 나를 버리고 떠나겠다고 했지만, 앓고 쓰러져 있는 사람을 버려두고 그냥 내빼 버릴 수도

없는 일이었다. 그녀는 결국 나를 부축해서 이끌고 여관으로 갔다. 지금 생각해 보니 꽤 심성이 착한 여자 애였던 것 같다.

여관방에 가서도 정신없이 토하고 난 뒤 나는 금방 잠이 들었다(그때는 통행금지가 있던 때라서 여자애도 할 수 없이 여관방 신세를 질 수밖에 없었다). 잠에서 깨고 나니 숙취가 조금 가시고 내가 언제 인사불성이 됐나 싶으리만큼 졸지에 성욕이 불붙었다. 끼우뚱끼우뚱 허우적거리며 오럴섹스 한번 실컷 하고 나서(성교는 임신이 걱정되어 거의 안 했음), 우리는 다시 화해할 수 있었던 것이다.

술이 성행위를 할 때 남자의 발기에 지장을 준다고들 하지만, 그건 모르고 하는 말이다. 물론 만취될 정도로 술을 마시면 발기가 안 된다. 그러나 맥주 한두 병쯤의 술은 오히려 관능적 상상력을 고조시켜 주어 성행위시에 무아지경(無我之境)의 판타지를 체험할 수 있게 해주는 것이다. 성이란 성교(性交) 자체보다도 '관능적 분위기'나 '성적 느낌(feeling)'이 더 중요하기 때문에, 술의 힘을 약간 빌리는 것이 좋았다.

특히 지나치게 성적(性的) 결벽증을 갖고 있는 사람들은 더 술을 애용할 필요가 있다. 성을 수치스럽게 생각하는 사람들이 결벽증 또는 불감증 따위에 잘 걸리는데, 술은 수치심을 어느 정도 마비시켜 주기 때문이다.

나만 술을 마시고, 여자는 술을 마시지 않은 상태에서 갖는 애무나 성행위는 비참했다. 나는 계속 하늘나라에서 오락가락하고, 여자는 계속 땅 위에서만 맴도는 것이 분명했기 때문이다. 그래서 나는 사랑을 하려거든 '술 쿵짝'이 잘 맞는 상대방과 사랑을 나누어야 한다고 확신했다.

술을 마실 때 여자가 없으면 너무나 재미가 없었다. 남자끼리 우정을 다짐해 가며 술잔을 기울이는 것이 아주 보기 좋은 풍경으로 선전되곤 하는데, 사실 나는 별로였다. 여자가 한 사람이라도 끼어 있어야 술맛이 났다. 그래서 술 마시는 젊은 여자들이 늘어나고 있는 당시의 추세가 여간 다행한 일이 아닐 수 없었다. 나의 고등학교 시절까지만 해도, 여자애들이 술 마시는 것을 보기 힘들었고, 술 마시는 여자애들은 대개 '타락한 학생'으로 취급되곤 했다. 지극히 야만적인 시절이었다.

여자와 만나 술 한 잔 걸치고, 그리고 블루스 춤을 음란하게(?) 추는 맛! 이보다 더 유쾌한 레크리에이션이 달리 없었다. 술은 역시 '분위기' 위주로 마셔야 하기 때문에, 섹스 그 자체보다도 약간 감질 나는 섹스인 페팅에 더 도움이 되었다.

술기운이 있으면 두 사람의 혓바닥이 더욱 거세게 물결치고 상대방 여자가 더욱 예뻐 보였다. 햇볕이 쨍쨍 내리쬐는 대낮에 만나면 여자의 얼굴에 있는 작은 여드름 자국까지 확실하게 보이는 법이다. 그러나 핑크빛 조명이 은은한 술집에서는 여자들이 모두 다 예뻐 보이고 섹시해 보였다. 흐느적거리는 배경음악이 있으면 더욱 금상첨화였다.

그러니까 처음 이성을 소개받을 때 절대로 어두운 카페에서 만나면 안 된다. 대낮에 만나 상대방을 쫀쫀하게 관찰해봐야 한다. 그러나 일단 연애를 시작한 뒤에는 반드시 어두컴컴한 카페여야만 한다. 그래야만 사랑의 상승작용을 만끽할 수 있다.

늙어버린 지금의 나로서는, 술은 많은데 술같이 부드러운 젊은 여자가 따라붙지 않는다. 그러다 보니 요즘 나는 술맛이 없다. 술을 진짜로 좋아하는 여자는 진짜로 겉과 속이 다 야한 여자다. 그런 싱싱발랄한 여자와 만나고 싶다.

J, 스치는 바람에

내가 대학에 들어가서 세 번째로 만난 여자는 2학년 늦가을에 만난 J였다. 그녀와의 만남에 있어서 나는 전적으로 수동적인 역할만을 했다. 그때 나는 연극·문학작품 발표·교지편집 등 여러 방면에서 발악적으로 활동하여 연세대학교 안에서는 꽤 알려진 인물이 되어 있었다. 그러던 중 내가 출연했던 연극을 본 J가 전화로 내게 접근해왔던 것이다.

C대학에 다니고 있던 그녀는 사무엘 베케트가 쓴 〈놀음의 끝장〉이라는 연극에서 내가 주인공 역을 맡아 열연하는 것을 보고 부쩍 호기심이 발동했던 모양이다. 처음에 나는 여자 쪽에서 먼저 전화했다는 사실 하나만 가지고도 그녀를 우습게

여겼는데, J가 몇 차례 계속해서 전화를 하자 별수 없이 그녀에 대한 호기심이 생겼다. 또 나는 유난히 가을을 타는 체질이라서, 외로움을 견디다 못해 그녀에게 혹시나 하는 기대감까지 생겼다.

그래서 나는 J를 만나게 됐는데, 그녀와 만나기로 약속한 장소는 을지로 입구에 있는 '태평양' 다방이었다. 록 뮤직을 보컬그룹이 직접 연주해주는 다방으로 명성이 높아 음악 좋아하는 멋쟁이 대학생들이 많이 모여들었던 곳이다.

내가 J에게서 받은 첫인상은 '꽤 화사하게 생기고 화장 많이 한 여자'의 이미지였다. 솔직히 말해서 그녀는 약간 천박한 느낌을 주었는데, 그 천박함이 오히려 나의 성감대를 유혹시켰다.

학생치고는 파운데이션을 짙게 발랐고 옷에서는 향수냄새가 퐁퐁 풍겼다. 입고 있는 옷은 분홍색 비닐로 된 투피스였는데 치마길이가 지독히도 짧았다. 당시 연세대엔 여학생 숫자가 적었고 또 짙게 화장하는 여학생도 드물어서, 나는 어떤 막연한 아쉬움 같은 것을 느끼고 있던 참이었다. 그런데 마침내 화장 많이 한 여자를 만나보게 된 것이다.

나는 지금도 여자가 화장을 두껍게 할수록 좋아한다. 손톱으로 얼굴을 긁으면 손톱 끝에 파운데이션이 듬뿍 묻어나오

고 여자의 얼굴에 깊은 골이 패일 만큼. 그리고 그 여자와 키
스를 하거나 그 여자가 내 어깨에 얼굴을 파묻으면 내 얼굴
에, 그리고 내 양복 깃에 파운데이션이나 분가루가 허옇게 묻
어나올 만큼. 향수냄새도 진할수록 좋다. 아무튼 화장품 냄새
처럼 나를 관능적으로 미쳐 날뛰게 만들어주는 것은 없다. 여
자의 긴 손톱 위에 갓 발라진 매니큐어 냄새도 특히나 나를
미치게 한다.

　그녀의 약간 천해 보이면서도 화려한 분위기가 나의 긴장
을 해소시켜주었다(화장 안 한 여자는 나의 온몸을 경직시켜버린다).
그날로 우리는 술을 마셔가며 꽤 걸진 데이트를 가졌다. 그
뒤로 J와 나는 만날 때마다 서로가 '육탄공세'를 서슴지 않는
사이로 발전했는데, 그것은 첫 번째 상면(相面) 때부터 예기치
않은 해프닝이 벌어졌기 때문이다.

　그날 저녁 J와 나는 술집으로 가 늦도록 술을 마셨다. 그러
다가 자리에서 일어서는 순간, 나는 그만 휘청거리며 쓰러지
고 말았다. 그날의 술 메뉴는 그때 한창 유행하던 냉(冷) 막
걸리였다. J가 하도 술을 잘 마시는 바람에 나도 남자 체면상
그녀에게 질세라 평소의 주량을 마구 초과해버렸던 것이다
(640cc짜리 맥주병에 담아 팔았는데, 한 다섯 병쯤 마셨을까?).

내가 쓰러져 주저앉아 마구 토하기 시작하자 그녀는 몹시 당황해했다. 그러나 계속 내가 괴로워하자 친절하게도 약을 사다주며 나를 보살펴주었다. 한참을 그러다보니 술집이 장사를 끝낼 시간이 넘어버렸고, 우리는 쫓겨나다시피 술집에서 빠져나올 수밖에 없었다.

그때는 야간 통행금지가 있던 시절. 밤 열두 시만 되면 인적이 끊어진 거리풍경이 마치 유령의 도시를 연상시켜주던 때다. 그녀는 비실비실하는 내가 보기에 딱했던지 통금시간을 아슬아슬하게 앞두고 서둘러 여관을 찾기 시작했다. 참 대담한 여자였다. 지금 생각하니 그 뒤에도 그녀는 나와 데이트를 할 때 늦어서 큰일 났다고 발을 동동 구르거나 한 적이 한번도 없다. 집안이 비교적 너그러운 분위기였나 보다.

그리하여 우리는 허름한 여관방에 피곤한 몸을 누이게 되었고, 나는 다시 화장실에 가서 뱃속에 있는 것들을 모두 시원하게 토해내고 나서야 비로소 조금 정신이 들게 되었다. 그러고는 정신없이 잠에 곯아떨어져버렸다(숙취에는 그저 잠 푹 자는 게 최고).

새벽녘쯤 되어 나는 잠에서 깨어났다. 내 목에선 마치 사하라 사막같이 깔깔한 모래바람이 일고, 타는 듯한 갈증이 전신

을 짓눌렀다. 여관 종업원이 자리끼로 갖다놓은 꾀죄죄한 손
때가 묻은 주전자의 물을 따라 한 모금 마시고 나니 조금 정
신이 났다. 잠을 자고 났더니 뱃속도 좀 편안해지고 머리도
좀 개운해진 것 같았다. 방안이 낯설어 빙 둘러보니 여자가
한 명 불편한 자세로 웅크리고 누워 잠들어 있었다.

　미처 화장을 지울 새도 없이 잠에 곯아떨어져서인지(그녀
역시 상당히 취해 있었고 또 나를 돌보느라 정신이 없었을 게다). 얼굴
에 바른 파운데이션이 땀과 한데 섞
여 얼굴 피부에 끈적끈적하게 먹
어 들어가 있었다. 마치 반짝거
리는 투명 셀로판지를 한 꺼풀
씌워놓은 것 같아 지독하게 섹
시해 보였다.

　입을 조금 벌리고 잠들어 있는 모
습이 전형적인 백치형(白痴型) 미인을 연상시켰다. 낮에 봤을
때 그녀가 약간 천박해 보였던 것은, 그녀의 화장술이 아무래
도 아직은 미숙한 단계에 있기 때문인 것 같았다. 그러나 그
녀의 얼굴에서는 전에 사귀었던 S의 얼굴에서 느껴지던 착하
디착한 표정과는 조금 다르게, 어딘지 모르게 퇴폐적이면서
도 애잔한 분위기가 풍겨 나오고 있었다.

여자와 한방에 함께 있다는 건 나로서는 처음 겪어보는 일이었다. 갑자기 타는 듯한 욕정이 솟아올라 나는 곧 그녀에게 다가가 그녀의 몸뚱이 위에 펄썩 엎어졌다. 그러고는 그녀의 젖가슴을 슬슬 주물러대기 시작했다. 아마도 덜 깬 술기운 탓이었는지 모른다. 아니면 J의 얼굴에서 풍겨 나오는 순진한 창녀 같은 이미지가 서슴없는 접근과 터치(touch)를 용이하게 해주었는지도 모른다.

　그녀의 얼굴은, 내가 1학년 때 혼자서 끙끙 앓아가며 짝사랑의 냉가슴만 불태웠던 H의 얼굴과 비슷하면서도 전혀 다른 느낌으로 내게 다가왔다. H의 얼굴이나 J의 얼굴이나 다 어린애 같은 이미지를 갖고 있었지만 J쪽이 훨씬 더 서민적인 친근감을 지니고 있었다고나 할까.

　잠자는 J의 얼굴은 나보고 어서 오라고 손짓을 하고 있는 것처럼 보였다. 조금 벌린 입술 언저리에는 꽤 짙게 바른 립스틱이 번져 나와 있어 더욱 고혹적(蠱惑的)인 느낌을 주었다.

　그때나 지금이나 나는 화장품이 번져 있거나 묻어 있는 것을 보면 이상하게 흥분하고 관능적인 욕구를 느낀다. 이를테면 여자가 커피를 마시고 난 뒤 커피 잔에 묻어 있는 립스틱 자국 등등.

　그날 나는 새벽 내내 흥분했고, 난생 처음 격렬한 '페팅'의 경험을 가졌다. 그녀 역시 적극적으로 달려들어 들입다 물고 빨고 해주었다. 나는 비로소 여자에 대해 자신감이 생기고, 돈을 주고 산 여자가 아니라(그런 여자라면 '인터코스'는 가능할지 몰라도 짙은 페팅은 도저히 불가능하다) 멀쩡하게 생긴 싱싱한 여대생과 처음으로 '육체관계'를 갖게 된 것이 자랑스러웠다.

성교만이 육체관계는 아니다. 나는 그 뒤로도 그녀와 성교는 하지 않았다. 내가 정력에 자신이 없어서 그랬는지, 아니면 여자가 혹시 임신이라도 하게 되면 골치 아파질까봐 그랬는지 모르겠지만(아무래도 후자 쪽이었던 것 같다), 아무튼 난 헤비 페팅(heavy petting)이 더욱 좋았다. 물론 성교를 해본 경험이 없어 과연 성교시에 느껴지는 쾌감과 페팅을 통해서 느껴지는 쾌감이 어떻게 다른지 비교해볼 수는 없었지만 말이다.

그날 이후 J와 나는 무시무시하리만치 끈적끈적하고 질깃질깃한 관계로 발전했다. 3학년 가을까지, 그러니까 만 1년 가까운 기간 동안 나와 그녀는 순전히 '육체관계'만 가지고 연애했던 것이다.

그녀와는 말이 필요 없었다. 혹시 내가 그녀 앞에서 신나게 열변을 토하는 경우가 있었다면 그것은 순전히 화장얘기, 옷얘기, 손톱얘기 같은 것이 화제에 오를 때뿐이었다. 그런 면

에서 볼 때, 지금까지 내가 만난 여자들 가운데 야한 것을 좋
아하는 나의 취향에 J처럼 적극적으로 쿵짝을 맞춰준 여자는
없다.

　그녀 역시 화장이나 옷 등에 관심이 많아서, 내가 시키는
대로 얼굴에 덕지덕지 그림을 그리고, 옷을 해 입고(돈에 여유
가 있는 집 애였다), 손톱도 상당히 길게 길러줬다. 구두는 언제
나 내가 시키는 대로 하이힐만 신었다. 적어도 12센티미터 이
상 되는 굽이거나, 당시 유행했던 스타일인 앞바닥에 두꺼운
창이 달린 것이면 15센티미터 높이의 굽을 신을 때도 있었다.

　내가 J만큼 실컷 내 맘에 들 정도로 야하게 화장시켜본 여
자는 그녀 이후로는 아직 없는 것 같다. 그때만 해도 부분화
장품이나 색조화장품이 발달하지 않았던 시절이라 우리는 별
의별 실험을 다해가며 놀았다. 어떤 때는 화장품으로 판매되
는 볼연지가 너무 약해서 일부러 짙은 진달래색 립스틱을 그
녀의 뺨에 볼연지 대신 바르라고 시켜, 그녀의 얼굴이 내가
보기에도 섹시한 괴물처럼 보였을 때도 있다.

　그래도 난 그녀와 같이 다니는 게 전혀 창피하지 않았고 그
저 즐겁기만 했다. 항상 짙게 그어져 있는 아이라인과 눈썹,
그리고 마치 빗자루같이 생긴 길고 숱 많은 인조 속눈썹이 진
한 아이섀도와 함께 상승효과를 내어, 그녀를 마치 일본 인형

극의 가면처럼 보이게 했다. 그 당시엔 인조 속눈썹이 대유행이었기 때문에, 여러 가지 형태의(숱이 적은 것, 숱이 많은 것, 털 길이가 짧은 것, 털 길이가 긴 것 등) 인조 속눈썹들이 화장품 가게만이 아니라 약방에까지 진열돼 있었다.

나와 처음 만났을 때만 해도 그녀의 화장이나 옷차림은 덜 세련된 편이라 약간 촌스러운 느낌을 주었지만, 나를 코디네이터(?)로 삼은 뒤부터 그녀의 외모는 전위적이고 그로테스크한 쪽으로 급격하게 바뀌어갔다. 그때는 세계적으로 호경기 시절이었기 때문인지, 유행하는 옷이나 헤어스타일이 극도로 야할 때였다. 요즘처럼 공연히 내숭 떨며 '품위 있고 고상하게 야한 것'을 찾는 게 아니라, 옷은 무조건 노출을 심하게 하고 머리는 무조건 볼륨을 넣어 붕 뜨게 부풀릴 때였다.

때마침 미니스커트가 유행하던 시절이었기 때문에 나는 J에게 보통 여자들이 입는 것보다 훨씬 짧은 무릎 위 30센티미터 정도의 초미니만 입게 했는데, 그녀는 다행히도 내 말에 순순히 쫓아주었다. 도저히 창피해서 못 입겠다고 자주 엄살을 떨곤 했지만 그래도 그럭저럭 잘 참아주었다. 그녀가 타이트스커트로 된 초미니를 입고, 차를 탈 때나 계단을 올라갈 때 어떻게 몸을 놀릴지 몰라 쩔쩔매는 모습을 보는 것이 나는 참 재미있었다.

미니스커트에 싫증이 난 나는, 서울에서 거의 맨 처음으로 '핫팬츠(수영팬츠를 연상하면 된다)'를 입게 했고, 3학년 봄 축제 때 핫팬츠를 입고 나타난 J는 연세대생들 간에 큰 화젯거리가 되었다.

사람들은 우리 두 사람이 데이트하는 모습을 보면서 참 이상한 풍경이라고 생각했을 것이다. 나는 대학 시절 4년 동안을 거의 교복(감청색으로 된 모택동복 같은 것)이나 점퍼차림으로 버텼는데, 그런 옷차림에다 시커먼 뿔테안경을 쓴 전형적인 '모범학생'이, 지독하게 야한 여자와 팔짱을 끼고 데이트하는 모습이 남들 보기엔 참으로 진기한 구경거리였을 것 같다. 아닌 게 아니라 연세대 문과대학 학생들 사이에서는 내가 술집 호스티스 아가씨와 연애한다는 소문이 나돌았다. 그 당시는 호스티스 아가씨는 다 야하고, 여대생이나 여염집 여자들은 다 수수하다는 공식이 통용되던 때였다(요즘은 그때와 정반대인 것 같다).

우리는 참 많이 싸웠다. 그녀에게는 히스테리 끼가 있었다.

결국은 내게 잘못했다고 싹싹 빌게 될 걸 빤히 알면서도, J는 걸핏하면 신경질을 부렸다. 나 또한 여자한테는 용감무쌍한 체질이어서, 우리 두 사람의 싸움은 치열한 격전이요 죽기살기였다.

언젠가 건국대학교 교정으로 놀러가 호숫가를 산책하고 돌아올 때였다. 무슨 이유 때문인지는 잊어버렸지만 그녀가 마구 히스테리를 부려댔다. 그래서 홧김에 나는 그녀의 머리를 한 대 때려주었다. 그렇게 심하게 때린 것도 아니건만, 그녀는 갑작스런 기습에 놀라 얼떨결에 앞으로 꼬꾸라져 엎어졌다.

포장이 안 된 길이어서 예쁜 새 옷이(샛노란 색 미니원피스였던 것 같다) 흙으로 뒤범벅이 되자, 신경질이 복받친 그녀는 갑자기 성난 암사자로 돌변하여 나를 향해 돌진해왔다. 힘으로는 안 된다는 걸 알고(아무리 말랐다고 해도 그래도 난 '남자'니까!) 길 옆 공사장에 있는 벽돌을 주워들고 한 장 한 장 내게 마구 던져댔다. 목숨이 아까웠던 나는, 살기등등한 그녀의 표정으로 보아 도저히 당할 수 없음을 알고 걸음아 나 살려라 줄행랑을 쳤다.

그런데도 그녀는 양손에 벽돌을 한 장씩 들고 미칠 듯이 나를 추격해왔다. 나는 버스정거장까지 뛰어와 마침 도착한 버스에 무조건 올라탔다. 그때는 버스에 앞뒤로 문이 두 개 달려 있을 때였는데, 나는 앞문으로 올라타 어서 빨리 버스가 발차하기를 기다렸다. 그러나 버스는 우물쭈물 떠날 생각을 않는다. 버스의 창문 밖으로 그녀가 씩씩거리며 달려오는 게 보였다.

드디어 버스가 부르릉 소리를 내며 떠날 기미를 보여 나는 비로소 안도의 한숨을 내쉬었다. 그런데 이게 웬일이냐. 그녀는 용케도 막 달려가기 시작한 버스의 뒷문으로 냉큼 올라서는 게 아닌가. 그러고는 앞문 쪽에 있는 나를 향해 벽돌 두 장을 연속적으로 날려 보냈고, 버스 안은 돌연 아수라장으로 변할 수밖에 없었다. 버스가 다음 정거장에 도착할 때까지 나와 다른 승객들 중에 다친 사람이 없는 게 다행이었다. 나는 계속 그녀를 진정시키기에 바빴고, 버스가 멈추자 예의바른 나는 "기사 아저씨 정말 죄송했습니다." 하고 인사 차리는 걸 잊지 않으며 재빨리 뛰어내렸다.

그녀 역시 나를 따라 버스에서 내려 씩씩거리며 쫓아왔는데, 조금은 화가 풀린 것 같아 보였다. 그러고 나서 우리는 잘했느니 못했느니 말싸움을 계속했지만 결국은 격렬한 포옹과 키스로 일대 결전(決戰)을 마무리 짓고 말았다. J와의 데이트 중엔 이런 식의 해프닝이 자주 있었다.

둘이서 주말에 놀러간 시골 여관방에서 결투를 벌인 일도 생생하게 기억난다. 마침 여관집 앞마당에는 장작이 산더미처럼 쌓여 있었는데, 내 펀치에 눌려 마당으로 도망친 그녀가 방안에 있는 나를 향해 계속 장작개비를 던져대기 시작했다. 다른 손님들한테 창피하기도 하고, 또 객지에서 한밤중에 당한 일이라 어디로 도망칠 데도 없었다.

그래서 나는 엉겁결에 시금치 먹은 뽀빠이 같은 괴력을 발휘하여 그녀를 낚아채 방안으로 끌어들였다. 그녀가 계속 바락바락 소리를 질러댔을 건 뻔한 일. 도저히 어떻게 손써볼 도리가 없자, 나는 순간적으로 내 머리를 스쳐간 기민한 판단력과 순발력으로 그녀의 목을 조르기 시작했다.

그녀는 캑캑거리면서도 계속 손발을 휘두르며 나를 공격해왔지만, 숨이 막혀오는 데야 아무리 독한 그녀라 할지라도 별수 없었다. 결국 그녀는 조용해졌고, 그날 밤의 결투 역시 이불 위에서 빨가벗고 벌이는 '즐겁고 음탕한 레슬링 경기'로 막을 내려버렸던 것이다.

지금 생각하니 J는 확실히 진짜 마조히스트였던 것 같다. 언제나 내 화를 한껏 돋구어놓고는 나약한 내 몸에서 괴상한 괴력이 터져 나오는 것을 즐겼다고나 할까. 내가 천하장사 이만기 같은 몸집의 소유자였다면 그녀가 관능적 마조히스트로

서의 재미를 질깃질깃 충분히 맛볼 수는 없었을 것이다(대학
시절 나의 몸무게는 47킬로그램이었다). 이만기의 뺨따귀 한 대 정
도면 금세 기절해버릴 만큼 그녀 역시 허약한 말라깽이였으
니까.

J와 헤어지게 된 사연을 여기서 자세히 이야기하고 싶지는
않다. 또 다른 스타일의 희한하게 야한 여자가 한 명 나타나 나
를 헛갈리게 만들었기 때문이었다는 정도로 그쳐두기로 하자.
그러고 보니 진짜 나의 첫사랑은 J였다. 육체적 접촉이 없
는 사랑은 사랑이라고 말할 수 없으므로.
나와 함께 의논하며 골라서 산 인조 속눈썹을 조심스레 붙
이던 그녀의 모습, 그리고 그녀의 숱 많은 머리카락을 거꾸로
빗질해 수사자의 갈기털처럼 부풀려주며 즐거워했던 나의 모
습이, 지금도 기억 속에 생생하게 떠올라 나를 슬프게 한다.

약속 잘 지키는 여자,
전화 안 하는 여자

대학 시절, 나는 특별한 용건 없이 전화하는 것을 무척이나 싫어했다. 그러다 보니 찾아뵙기 어려운 중·고교 시절 스승이나 친구들한테 이른바 '안부전화'를 하는 것마저도 인색할 수밖에 없어서, 항상 죄지은 사람의 기분으로 지내는 일이 많았다. 그런데도 '전화 걸기'를 어색해하고 두려워하는 버릇은 영 고쳐지지가 않아서 '사교'의 면에 있어 주위의 친지들에게 점수를 잃게 되는 경우가 많았던 것이다.

전화하는 것이 더더욱 싫어지는 때가 바로 여자와 연애를 할 때였다. 내가 전화를 잘 안 거는 것은 물론이고 여자 쪽에서 전화해 오는 것도 받기가 싫어지는 것이었다. 전화로는 하

고 싶은 말을 시원하게 다 쏟아놓을 수가 없고, 경우에 따라
서는 곁에 누가 있을 수도 있기 때문에 아무래도 얘기하기가
껄끄러웠다.

그리고 무엇보다도 여자 쪽에서 전화를 걸어도 내가 전화
받는 것을 두려워했던 이유는, 전화를 자주 하다 보면 기껏
정한 약속을 깨뜨려버리는 일이 예사로 일어났기 때문이다.
다른 스케줄을 다 비워놓고서 만나기로 약속한 시간을 기다
리고 있는데, 그 전날이나 약속시간 직전에 전화를 걸어 약속
을 취소하거나 연기시키는 여자들이 너무나 많았다. 물론 다
이유는 있었다.

하지만 정말 부득이한 경우를 빼놓고는 악착같이 약속을
지키는 것을 첫째가는 생활신조로 삼고 있는 나로서는, 그런
전화를 받고 나면 자꾸 짜증이 나게 되어 결국은 가슴앓이를
하게 되었던 것이다. 그래서 아무리 가까운 애인 사이라 하더
라도 그런 전화를 자주 해오는 여자한테는 정나미가 떨어지
게 되었다.

그러다 보니 나는 데이트를 할 때마다, 헤어질 때 다음 만
날 날과 시간, 그리고 장소를 약속으로 정해 놓는 식으로 하
는 것을 원칙으로 삼게 되었는데, 철저하게 따라준 여자는 하

나도 없었다. 대개는 한두 번 이상의 약속취소 전화를 걸어오
거나, 어떤 때는 아예 일방적으로 바람을 맞히기까지 하는 여
자도 많았던 것이다.

'약속시간'을 철저하게 지키느냐 안 지키느냐 하는 것은 사
실 별 문제가 안 되었다. 서울은 교통체증이 워낙 심한 곳이
라서, 30분이나 한 시간 정도 늦는 것은 서로 간에 얼마든지
봐줄 수 있었다. 그렇지만 무작정 바람을 맞힌다는 것은 정말
천벌을 받아 마땅한 행위라고 생각했다.

나는 일단 한 번 약속을 정했으면 상대가 올 때까지 두 시
간 이상 기다렸다. 설사 아주 늦게 온다 하더라도 오기만 하
면 그만이라는 생각 때문이었다. 그런데 바람을 맞고 난 다음
에 상대방에게 전화를 해보면, "다른 급한 일이 생겨 그 일을
처리하다 보니 시간이 늦어버렸다. 그래서 그때 출발하면 약
속시간에 못 맞출 것 같아 포기해 버렸다"는 대답이 흘러나오
니 정말 그 뻔뻔스러움에 기가 질릴 정도였다.

'전화질' 하기 좋아하는 여자의 경우엔 만나기로 약속한 장
소, 이를테면 카페 같은 곳의 전화번호를 미리 알아두었다가
그리로 전화를 걸어 사정이 생겨서 못 나가게 됐다고 얘기해
오는 경우도 많았다.

연애를 할 때 일부러 약속시간보다 늦게 가 남자를 기다리게 하거나 가끔씩 약속취소 전화를 걸어 남자를 애타게 하는 것이 여자 쪽에 유리하다고 생각하는 여자들은, 이제부터라도 크게 반성하고 마음을 고쳐먹을 필요가 있다.

　어쨌든 나는 약속을 잘 지키는 여자, 그리고 여간해서 전화를 안 하는 여자를 사랑했다.

비 오는 날의 청춘 스케치

……언제나 그 카페는 일요일 아침 같은 분위기였다. 어딘지 모르게 나른하고 노곤한 분위기……. 그래서 나는 언제나 거기 앉아 있으면 마음속이 편안해져 오는 것을 느끼곤 했다.

나는 그 이유가 아마도 엷게 코팅된 유리창 때문일 것이라고 생각하곤 했다. 갈색으로 코팅된 유리창을 통해서 내려다보이는 거리의 풍경은 왠지 현실감이 없어 보였다. 복잡다단한 세상의 모습이 그 유리창을 통과하면서, 느슨하고 여유 있는 모습으로 변질되어 전달돼 오는 것이었다.

창밖에서는 비가 내리고 있었다. 나는 어떤 여자를 만나기로 되어 있었다.

약속시간이 지나 있어서 나는 시계를 보았다.

얼마 안 있어 그녀가 나타났다. 약속시간을 넘겨버렸는데도 서두르는 기색이 없었다. 나는 그녀가 빨리 걷는다거나 뛰는 모습을 한번도 본 적이 없었다. 언제나 그녀 특유의 술에 취한 듯한 걸음걸이로 약간 처진 듯이 걸을 뿐이었다.

그녀는 우산을 가지고 있지 않았다. 비가 아주 가늘게 내리고 있기 때문이기도 하겠지만, 원래 그녀가 우산 쓰기를 귀찮아하기 때문이었다.

전에 한번 그녀의 우산을 본 적이 있었는데, 그것은 살에 녹이 슨 낡은 검정색 우산이었다. 그러나 그때에도 그녀는 우산을 펴지 않고 들고만 있었다.

어느새 그녀는 내 앞에 앉아 벌써 오래 전부터 앉아 있었던 것처럼 창밖을 내다보고 있었다. 언제나처럼 말이 없었다. 남녀가 서로 마주보고 앉아 있으면서도, 각자 딴 생각을 하고 있는 것에 아주 길들여져 있는 것처럼 보였다.

"비를 맞았구나."

"…………"

비 오는 날의 그녀는 아름답다. 파마하지 않은 생머리가 빗물에 젖어 윤기가 난다. 내가 그녀에 대해 느낄 수 있는 것은 고작해야 이 정도다. 코가 오뚝하다거나, 입술이 붉다거나 하는 식의 묘사는 불가능하다. 나는 늘 그녀의 내면에 무언가 강력한 것이 있어서 그녀의 외모를 가리고 있는 것 같은 느낌을 받곤 했다.

나는 그녀를 대학원 석사과정 1학년일 때 대학 캠퍼스에서 선후배 관계로 만났다. 그녀는 1학년 2학기 생이었다. 그렇게 어린데도 주위에서 떠도는 그녀의 별명은 '스쿨버스' 또는 '12시'였다. 스쿨버스처럼 아무나 탈 수 있다는 뜻이었고, 통금시간인 12시까지만 함께 있다 보면 얼마든지 같이 잘 수 있다는 뜻이었다.

실제로 어떤 남학생 한 명이 그녀와 함께 시험 삼아 12시까지 술을 마셨더니 그 이후에 그녀가 여관까지 순순히 따라오더라는 거였다. 학과의 남학생들은 그런 얘기를 재미삼아 지껄여댔지만 나는 그리 놀라지 않았다. 그녀의 그런 버릇이 그녀가 내면에 감추어둔 고요한 아름다움을 결코 훼손시키지 못할 것이라는 예감 때문이었다.

"사랑해요!"

그녀가 갑자기 말을 걸어왔기 때문에 나는 과거의 회상에서 깨어났다. 그런데 그 말은 그녀가 내게 처음으로 한 말이었다.

만나자고 청했을 때도, 내가 약속 시간과 장소를 정하고 그녀는 다만 고개를 끄덕였을 뿐이었다. 하긴 남녀 사이에서 사랑한다는 말 이외에 달리 필요한 말이 있을 수 있을까.

"나에 대해서 많이 알고 계시죠?"

"조금은, 하지만 전혀 모른다고도 할 수 있지."

"난 좋은 여자는 아니에요."

"어떤 면에서는 그렇다고도 할 수 있지."

"그래도 좋아해주실 거죠?"

"그럼."

이런 내용의 대화는 사실상 무의미하다. 왜냐하면 서로가 이미 다 알고 있었던 일이니까. 그러나 지나친 침묵은 방해가 되므로 이 정도의 대화가 가장 적

절하다고도 할 수 있다. 그녀는 순간적으로 밝은 표정이 되었
다가 다시 조금 어두운 표정으로 돌아왔다.

　"내게도 좋은 면이 있을까요?"
　"많아. 갈색으로 넘실거리는 긴 머리카락, 길고 뾰족한 분
홍빛 손톱, 깊고 맑은 눈, 작지만 예쁜 가슴, 커다란 세 개의
귀걸이, 큼지막한 팔찌, 그리고 일곱 개의 반지, 사랑스런 몸
동작……."
　"너무 세속적인 것 같아요. 외모에 대해서만 말씀하시
니……."
　"그럼 성녀(聖女)가 되길 원하나?"
　"그런 건 아니지만요……."
　"사람의 내면은 아주 중요해. 그러나 마음과 육체가 분리되
어 있다고 믿는 것은 옳지 않아. 마음이란 심장에 있는 것도
아니고 머릿속에 있는 것도 아니야. 마음은 겉에 있어. 마치
피부와도 같지. 그래서 누구나 다른 사람의 마음을 볼 수 있
는데도 사람들은 자신이 본 것을 믿으려 하지 않아. 네가 하
는 말, 네가 먹는 모습, 너의 걸음걸이, 네가 머리카락을 쓸어
올리는 단순한 동작……, 이 모든 것에 너의 마음이 비치고
있어."

"너무 어려워요."

"아니 어렵지 않아. 너도 이미 알고 있으니까."

"그럼 나도 연습을 해야겠군요. 사람의 마음을 들여다보
는……."

날이 어두워졌다. 나는 그녀를 어느 경양식집으로 데리고
갔다. 우리는 함께 저녁을 먹었다. 예상대로 그녀의 식사 매
너는 훌륭했다. 내가 칭찬을 해주니까 그녀는 몹시 부끄러워
했다.

식사를 마치고 나서 우리는 장미여관으로 갔다. 먼저 내가
욕실에서 샤워를 하고 있을 때 그녀가 벌거벗고 들어왔다. 순
간 나는 몹시 놀랐다. 그녀의 몸매가 생각보다 훨씬 아름답기
때문이었다. 그녀가 나의 몸을 씻어주었다. 나도 그렇게 해주
려고 했지만 그녀가 괜찮다고 해서 그만두었다.

샤워가 끝난 뒤 우리는 옷 같은 것을 다시 걸치지 않았는
데, 그건 오직 불편하다는 이유 때문이었다. 침대 위에서도 우
리 두 사람은 지극히 자연스러웠다. 그녀의 섹스 기술은 놀라
움 그 자체였다. 어린 나이에 어느새 그토록이나 세련된 기술
을 습득할 수 있었는지 그저 놀랍기만 했다.

우리는 오랫동안 서로를 끌어안고 있었다. 나는 너무 행복

하다고 느꼈다.

"우리 언제나 이렇게 함께 있어요, 네?"

"암 그래야지……. 하지만 가끔은 떨어져 있는 것도 괜찮을 거야."

"왜요?"

"너무 가깝게 있다 보면 싫증이 날 수도 있으니까……."

"내게 싫증나실 것 같으세요?"

"그럴 수도 있지."

내 말을 듣고 나서 그녀는 잠시 생각에 잠겼다. 그러더니 이내 이해할 수 있다는 표정으로 되돌아왔다.

"그럼 이렇게 하기로 해요. 싫증이 나면 각자가 잠시 떠나기로……."

"그래, 그렇게 하자."

비가 세차게 퍼붓기 시작했다. 창밖에는 신촌의 불빛들이 빗줄기에 어른거려 환상적으로 보였다. 저 불빛 아래서 사람들은 제가끔씩 어떤 방법으로 사랑을 나누고 있을 것이다. 열렬히 사랑하면서도 동시에 헤어지는 순간을 염려하고 있을 것이다. 그런 걱정이 현재의 사랑에는 전혀 도움이 되지 않는다는 것을 뻔히 알면서도…….

"내가 다른 남자와 자면 싫으시죠?"

"그렇겠지. 하지만 그러고 싶으면 그렇게 해도 좋아. 내가 견디기 힘들어지면 얘기해 줄게. 하지만 될 수 있는 대로 난 네게 아무런 요구도 하지 않겠어. 네가 내게 많은 것을 요구하길 바라지 않으니까, 나 또한 네게 그러지 않을 거야."

"너무 어려운 말만 하시는군요."

"그렇지 않아. 우리는 너무 어려운 생각들에 둘러싸여 있기 때문에, 아주 단순한 것들이 오히려 더 어렵게 느껴질 뿐이야."

어느새 그녀는 잠들어 있었다. 마치 내 삶의 일부인 것처럼, 나에게 찰싹 달라붙어서 색색 콧김을 내뿜어대고 있었다. 나는 몹시 간지럼을 타는 체질임에도 불구하고, 이 순간만은 그걸 전혀 느끼지 못하고 있었다.

나의 청춘 마리안느

　나의 인생을 바꿔놓을 정도로 감동적인 영화를 본 일은 아직 없다. 하지만 꽤나 큰 충격으로 다가와 나의 얼을 빠져나가게 만들어 버린 영화는 많다. 그 가운데 하나가 대학 시절에 본 〈나의 청춘 마리안느〉이다.

　〈나의 청춘 마리안느〉는 독일의 낭만주의 작가 페터 멘델스존의 소설 『가엾은 칼카디아』의 제목을 바꿔 프랑스의 명감독 줄리앙 뒤비비에가 감독한 작품이다.

　'격조 높은 청춘 교양시'라는 격찬을 받은 이 영화는 한국 개봉 당시 젊은 청춘남녀들의 가슴을 온통 사로잡은 추억의 명화다. 주연으로는 마리안 홀트와 피에르 바네크가 나왔는데 모두 신인들이었다.

새벽이면 자욱이 안개가 서리는 신비한 호반―. 주위는 울창한 숲으로 둘러싸여 있고, 숲에는 사슴과 아름다운 새들이 평화롭게 뛰놀고 있다. 그리고 숲 한가운데는 아름다운 소년들이 모여 꿈과 자유를 만끽하는 하일리겐 쉬타트라는 학원이 있다.

어느 날 이 학원에는 멀리 아르헨티나에서 이사 온 뱅상이라는 이름의 무척 인상적인 소년이 입학한다.

그런데 그 호반 건너 숲 속에는 소년들이 '유령의 집'이라고 부르는 고성(古城)이 우뚝 솟아 있고, 항상 문이 굳게 잠겨 있어 학생들에게 늘 호기심의 대상이 되어 왔다.

하루는 소년들이 끓어오르는 호기심을 주체하지 못하고 그 신비의 성에 쳐들어갈 결사대를 조직한다. 물론 뱅상도 결사대의 일원으로 그들과 어울려 고성으로 접근해 간다.

그러나 고성에 도착도 하기 전 소년들은 두 마리의 맹견에게 습격을 당하고 뱅상을 제외한 다른 소년들은 모두 학원으로 도망쳐 버린다.

혼자 남은 뱅상은 조심조심 유령의 집 안으로 들어가 본다. 바로 그때 신비스럽도록 아름다운 소녀 마리안느가 나타난

다. 마치 태고의 전설 속에서 빠져나온 요정 같은 모습의 여인이었다. 그런데 그녀는 뱅상을 보자마자 흐느끼듯 온몸을 떨며 자기는 이 성의 주인에게 갇혀 있는 몸이라고 호소하며 구원해 줄 것을 부탁한다.

너무 갑작스런 일이고 속수무책이어서 뱅상은 일단 마리안느의 도움으로 다시 마을로 철수한다. 그리고 그 뒤로 뱅상의 머릿속에는 마리안느의 아름다운 모습이 어른거리고, 어떻게 하면 마리안느를 늙은 성주로부터 구출해낼 수 있을 것인가 하는 것이 그의 관심거리였다.

그 뒤 마리안느를 두 번째로 만난 것은 마을의 축제 때였다. 늙은 성주와 함께 차를 타고 가던 마리안느는 손짓을 하며 애타게 뱅상을 부른다. 그러나 빠른 속도로 질주하는 자동차를 따라잡기란 뱅상에겐 역부족이었고, 멀어져 가는 마리안느의 모습을 보며 그들의 재회는 아쉬움만을 남긴 채 끝이 난다.

그 뒤 얼마의 시간이 지난 후 마리안느가 어렵사리 보낸 '어서 나를 구해 주세요'란 애원의 편지가 뱅상의 손에 들어온다. 마음이 조급해진 뱅상은 아무 준비도 없이 단신으로 고

성에 잠입한다.

그러나 헐레벌떡 마리안느의 방에 들어선 뱅상에겐 의외의 광경이 그를 기다리고 있었다. 그것은 바로 마리안느와 늙은 성주의 결혼식이었다. 그래서 뱅상은 그녀의 운명을 직감할 수 있었다. 흰 웨딩드레스를 입은 마리안느가 울면서 나타났을 때 둘은 서로에 대한 연민과 사랑에 넘쳐 힘찬 포옹을 한다.

두 사람이 급히 탈출하기로 마음을 모으고 성을 빠져나가려는 순간, 갑자기 나타난 늙은 성주가 두 사람을 가로막는다. 그리고 성주는 뱅상에게 마리안느가 정신이상이라는 뜻

밖의 말을 들려준다. 마리안느는 "뱅상, 속지 마세요! 제가 오히려 미친 사람에게 갇혀 있는 거예요"하고 소리 지른다. 성주의 말에 잠시 정신이 멍해져 있던 뱅상은 마리안느의 말을 듣고 정신이 번쩍 나 성주에게 덤벼들지만 곧바로 성주의 하인에게 두들겨 맞고 쫓겨나 호숫가에서 실신하고 만다.

정신을 차린 뱅상이 학원으로 돌아가 친구들을 규합해 다시 고성으로 쳐들어가나

이미 성 안엔 사람의 그림자라곤 하나도 없었고, 넓은 거실한 벽에 걸려 있는 비정한 늙은 성주와 마리안느의 초상화만이 고성을 지키고 있었다.

뱅상은 마리안느의 초상화를 향해 울부짖어 봤지만 이미소용이 없었다.

다음날 뱅상은 첫사랑의 상처를 간직한 채 하일리겐 쉬타트의 학우들과 작별인사를 한다. 그러고는 자신의 영원한 사랑 마리안느를 찾아 정처 없는 길을 떠난다.

이것이 이 작품의 대강 줄거리인데 나를 매혹시킨 것은 작품의 줄거리보다도 흑백화면 속에 펼쳐지는 아름다운 자연경관이었다. 사슴이 자유롭게 뛰노는 숲 속과 커다란 호수, 거기에 고풍(古風)으로 지어진 학원과 웅장한 고성―이것들만 가지고서도 관객들은 충분히 낭만적 노스탤지어에 빠져들게 마련인 것이다.

만약에 이 작품이 흑백으로 만들어지지 아니하고 천연색으로 만들어졌다면 영화적 감동을 상당히 감소시켰을 것 같다. 물론 천연색으로도 몽환적인 이미지의 창조가 가능하겠지만 아무래도 흑백보다는 그 효과가 떨어지기 때문이다.

근본적으로 영화는 '깨어 있는 꿈꾸기'라고 할 수 있기 때

문에, 우리가 꿈속에서 경험하는 것처럼 무언가 어슴푸레하
고 비현실적인 것이 좋다. 우리는 꿈을 꾸고 난 뒤에 마치 희
미한 영상의 흑백영화를 보고 난 듯한 느낌을 갖게 된다. 총
천연색인 꿈은 사실 드물다. 마찬가지로 영화에서도 역시 흑
백 영화만이 '꿈'의 효과를 낼 수 있다.

　이 작품이 보여 주는 것은 결국 '낭만적 환상'이라고 할 수
있다. 오래된 성채가 나오는 것이나 그 성의 성주에게 잡혀
포로처럼 지내는 젊은 미녀가 등장한다는 것, 그리고 그 미녀
를 구출하려고 노력하는 젊은 미소년이 나오는 것 등이 모두
다 중세기의 아름다운 로맨스 즉 '기사무용담'의 플롯을 따르
고 있다. 그러니까 이 영화의 남주인공이 젊은 기사 역할을
하고 있는 셈이다.
　리얼리즘의 입장에서 보면 전혀 현실적 박진감이 없고 황
당무계한 스토리로 이루어져 있음에도 불구하고 이 영화가
그토록이나 뭉클한 감동을 주는 것은, 역시 모든 예술적 감동
의 원천이 '낭만적 환상으로의 도피'에 있기 때문이 아닐까.

　나는 대학 시절에도 야한 영화를 좋아했다. 그리고 지금도
야한 소설을 자주 쓰고 있다. 야한 영화로서 크게 감동받은

작품은 〈O의 이야기〉나 〈세브린느〉 같은 것이 있다. 그런데 내가 〈나의 청춘 마리안느〉에서 받은 감동을 아직도 못 잊어 하고 있는 것은, 작품 자체가 좋아서이기도 하지만 나의 젊은 청춘 시절에 대한 추억 때문인지도 모른다.

나는 젊은 시절에 〈나의 청춘 마리안느〉에 나오는 남주인 공처럼 구원(久遠)의 여인상인 '마리안느'를 언젠가는 반드시 만나게 될 것이라고 확신했다. 그러나 지금에 이르러서는 그러한 희망이 점점 무산되어 가는 것을 느끼게 된다. 그러므로 내가 다시 이 영화를 보게 된다면 감동 이전에 질투와 비애 속에 빠져들어 가버릴지도 모른다. 그러니까 이 영화는 결국 추억의 영화이기 때문에 아름다운 것이다.

그때 그 수녀님 생각

내가 스물두 살, 대학원 석사과정에 다닐 때의 일이다. 그때 나는 연세대학교 부설기관인 〈한국어학당〉에서 강사 일을 맡아, 외국인들에게 한국어를 가르치고 있었다. 내가 맡은 클래스의 인원은 15명쯤 되었고 한 학기 수업기간은 10주였다. 모든 학생들이 외국인이라 나는 처음에 무척 수줍음을 타지 않을 수 없었는데, 나중에는 일종의 엑조티시즘(exoticism)을 맛볼 수도 있어 차츰 재미가 붙었다.

그때 내가 가르친 학생 가운데 이탈리아에서 온 아주 젊은 수녀 하나가 있었다. 이름이 아마 마리아 쌘토로였던 것 같다. 그때가 여름인지라 까만 수녀복이 아니라 베이지색 수녀복을

입고 언제나 단정한 자세로 앉아
내 강의를 열심히 듣고 있었는
데, 나는 한 학기 동안 줄곧 마
리아 수녀에게서 눈을 뗄 수가
없었다. 너무나 청순하고 천사
같이 아름다운 얼굴을 지닌 여
자이기 때문이었다.

  나는 원래 화장을 짙게 하고 액세서리를 주렁주렁 달고 다
니는, 이른바 '야한 여자'를 좋아한다. 그런데도 그때 마리아
수녀에게서 깊은 인상을 받은 것은, 그녀의 얼굴이 화장을 전
혀 안 했는데도 정말 그림같이 아름답기 때문이었다. 특히 희
디흰 피부 빛깔이 너무 고왔다.

  백인들이라고 해서 모두 피부가 희고 예쁜 것은 아니다. 그
런데 마리아 수녀의 얼굴 피부는 정말 유리알처럼 매끄럽고
투명하리만치 흰 빛을 지니고 있었다. 입술은 연지를 칠한 듯
붉고, 눈은 호수처럼 맑았다. 특히 그녀의 마음씨가 정말로
고왔기 때문에 나는 더욱 강한 인상을 받지 않을 수 없었다.
  웬만큼 흰 피부를 가진 여자는 그런대로 꽤 많지만, '백설
탕같이 희디흰 피부'를 갖고 있는 여자를 찾아보기는 참으로

어려운 일이다. 그런데 마리아 수녀의 피부는 정말 백지장처럼 창백하고 눈(雪) 내린 달밤처럼 교교(皎皎)하고 백설탕처럼 희었다. 그리고 몹시도 매끄러웠다.

여자의 '흰 피부' 하면 흔히 백인 여성의 피부를 연상하기 쉬운데, 백인 여성들 대부분은 흰 피부가 아니라 '불그죽죽한 피부'를 갖고 있다. 그리고 피부 표면이 곱게 매끄럽지 못하고 사지(砂紙)처럼 거친 게 보통이다. 그리고 거친 잔털이 부숭부숭 많이 나 있어 징그러운 느낌을 줄뿐더러 냄새도 좋지 않다.

이른바 '비단결처럼' 매끄럽게 고운 피부로 말하면 사실 흑인 여성을 당할 수 없다. 하지만 그네들은 너무나 못생겼다. 특히 망치로 찍어 누른 듯한 넓적한 코가 그렇다. 거기에 비하면 한국 여자들의 얼굴은 상당히 괜찮게 생긴 편이고, 피부의 색이나 매끄러움이 백인 여성들과 엇비슷할 때가 있다. 하지만 '희디흰 피부 색'과 '비단결같이 매끄러운 살결'이 합쳐진 경우는 극히 드물다.

하지만 마리아 수녀의 피부는 백인들 가운데서도 극히 찾아보기 어려운, 그야말로 우윳빛과 치즈 빛을 한데 합친 '대리석' 같은 피부였다. 거기에 오뚝한 코와 청초하고 커다란 눈과 핏빛 입술이 합쳐져 정말로 '미녀' 그 자체의 실상(實相)

을 보는 것 같았다.

한 학기 수업이 끝난 뒤에 그녀는 나를 그녀가 소속돼 있는 수녀원으로 초대해 주었다. 영등포 어딘가에 있는 수녀원이었던 것 같다. 그날은 마침 수녀원에 부속된 성당에 다니는 중·고등부 학생들에게 이탈리아를 소개하는 영화를 보여주는 날이었다. 나는 먼저 그 영화를 보고 나서 마리아 수녀와 차를 마시며 이야기를 나누었다.

영화를 볼 때, 이탈리아를 대표하는 여자배우로 육체파 미녀 지나 롤로브리지다가 나왔는데, 마리아 수녀가 아주 티 없이 순진한 음성으로 나에게 "저 여자 참 예쁘지요?"라고 자랑스럽게 말한다. 전혀 질투심 같은 게 느껴지지 않았고, 또 화려한 배우 생활이 부럽다는 표정도 짓지 않았다. 그리고 너무 야하게 화장했다고 언짢아하는 기색도 없었다. 나는 지나 롤로브리지다의 선정적인 육체미에 솟구쳐 오르는 성욕을 느끼며 군침을 꼴깍꼴깍 삼키고 있었던지라, 마리아 수녀의 지순(至純)한 심정에서 우러나온 말에 무척이나 부끄러워지는 나 자신을 느꼈다.

그 이후로도 가끔씩 서로 편지 연락을 했는데, 광주의 어느 수녀원으로 가 있다는 연락을 받고는 소식이 끊겼다.

흔히 '조각같이 완벽한 미녀'라는 말을 쓰는데, 나는 마리아 수녀의 얼굴을 보고 그것이 실제로 가능하다는 것을 알았다.

왜 그녀는 하필 수녀가 되었을까? 나는 그것이 무척이나 안타까웠다. 그녀의 아름다운 얼굴을 조심스레 훔쳐보며 두근거리는 가슴으로 한국말을 가르치던 그때가, 흡사 영화의 한 장면처럼 내 마음속에 선명하게 떠올라온다.

청춘 탐구 – 히피 생태론
: 내가 스물 즈음에 쓴 에세이

사랑을 찾으려는 사람들.

자유를 호흡하려는 사람들.

아름답게 살려는 사람들.

멋있게 살려는 사람들.

착하게 살려는 사람들.

이들은 어느 때부터인가 어둡고 탁한 매연의 도시에서 도망치기 시작했다. 꽃을 사랑하고 노래를 즐겨 불렀으며 남녀 누구든지 머리를 길게 기르고 항상 웃고 싸우지 않았다.

한 손을 치켜들고 브이(V) 자(字)를 그어대며 '피스(Peace)' 하고 인사하고, 남자는 여자를 사랑하고, 여자는 남자를 사랑

하고, 사람은 사람을 사랑하는 '러브(Love)'를 속삭이기 시작
했다.

어느 시대의 젊은이가 그러했듯 그들도 젊었고, 폭력적인
반항이 아닌 신비로운 반항을 하기 시작했다. 자유로운 옷차
림, 맨발, 모든 조작성이나 관념의 세계를 부정하고 태고의
원시인 상태로 돌아가기를 원했다. 아놀드 토인비는 이렇게
말했다.

"히피는 21세기 지성적 원시인의 선구자적 역할을 하고 있
는 현대의 순교자적 집단이다."

그러나 현대적 상황은 공해와 매스컴, 황금만능주의적 자
본주의 등으로 인간의식의 박탈을 강요하고 있다. 착하고 아
름답고 평화와 사랑을 노래하는 그들의 소리 안 나는 운동은
이제 차츰 종말을 고해가고 있다.

히피즘은 많은 유물을 남긴 채 사라져가고 있다. 사회 속에
생각의 변화를 일으키고 생활양식에도 변화를 가져왔다. 미
국 사회의 진정한 과제가 무엇인가를 가르쳤고, 조롱거리가
되는 말장난의 자유를 다르게 인식하게 했다. 또한 스피드와
유행의 시대에 거대한 형태적 영향을 주어 세계 패션계를 지
배하고 있는 것이다.

히피의 본고장인 미국 사회에서의 이러한 양상은 결국 우

리에게 무엇을 말해 주고 있으며, 우리에게 어떻게 영향을 주고 있는 것일까? 그들의 옷차림과 긴 머리에 아름다움이 있다면 우리는 그것을 어떻게 받아들여야 하는 것일까?

이러한 의미에서 우리는 그들을 궁금해 하고 있는 것일까, 아니면 그저 주관 없고 주체의식 없는 어리석고 병든 젊은이들의 타락한 집단으로 생각하고 있는 것일까?

필자는 이와 같은 의문 내지는 호기심과, 필연적 인류의식에서 온 지구인적 감각과, 시대적 · 공간적 공통점에서 오는 (즉, 지구인이라는) 영향에 관심을 느끼지 않을 수 없다.

헤르만 헤세를 닮은 히피들

크눌프를 닮은 히피들.
골드문트를 닮은 히피들.
헤르만 헤세를 닮은 히피들.

아름다움을 찾아 방황하는 헤르만 헤세의 『나르치스와 골드문트』에서 사랑과 미의 상징적 존재인 골드문트. 그의 이야기는 우리에게 가장 히피적인 의미와 모습을―히피들의 진

정한 모습과 그들이 무엇을 원하는지를―보여주고 있는지도
모른다.

　현대의 어둠 속에서 사랑의 빛을 찾아 방황하던 그들은 어
쩌면 헤세가 추구했던 인간들인지도 모른다.

　헤세가 좋아하던 동양.

　그들이 좋아하는 동양.

　헤세와 히피는 모두 인도를 좋아한다. 합리주의 세계에 속
해 있어서 거의 모든 것을 알아버린 것 같은 느낌을 갖는 그
들은, 사실 당연하게 동양의 신비성을 받아들이려는 것인지
도 모른다. 히피가 성지로 생각하는 곳은 인도다. 회교도들이
메카로 가듯이 그들도 누구나 인도로 가기를 원한다. 그들 중
노래를 하는 그룹에 '스테판울프(Steppenwolf)'라는 밴드가
있다. 그렇다. '스테판울프', 이것은 헤세의 소설 『황야의 이
리』다.

　히피들은 헤르만 헤세를 좋아한다. 아마도 헤세가 살아 있
다면 히피를 사랑했을는지 모른다. 아니, 아마 결국 좋아하게
됐을 것이다.

　헤세와 히피는 닮았다. 자연 속에 들어가 있어서 닮았다.

예수를 닮으려는 그들

긴 머리, 넓은 모포 자락, 맨발, 사랑, 평화……. 너무나 비
슷한 것이 많다. 그들은 진정한 인간 속에 존재하는 '신이 아
닌 예수'의 모습을 흉내 내고 있는지도 모른다. 예수의 얼굴에
존 레논(John Lennon)의 동그란 금테 안경을 쓰게 한다면, 그
것은 히피의 얼굴이 된다. 히피들은 예수를 닮으려는 것이다.

사랑을 앞세우고, 평화를 노래하고, 자연 속에서 살아가는
그들에게서 예수의 모습을 느낄 수 있다면 그것은 과연 필자
만의 어리석은 생각일까?

LSD와 마리화나의 그들

"LSD를 먹어라. 술을 먹고 난폭해지려거든, 술에 취해서
비틀거리려거든 차라리 '그래스(Grass)'를 피워라(그래스는 마
리화나를 가리키는 그들의 은어)."

그들은 자기들이 할 수 있는 한 더 높은 평화와 사랑의 세
계로 들어가고 싶어 한다. 보통 인간들이 술을 먹는 태도로
그들은 술 대신 LSD와 마리화나를 먹는 것이다. 술에 취해

난폭해지는 것보다 LSD나 마리화나를 먹고 유순해지고 신비
로운 세계로 가는 것이 좋다는 것이다.

마리화나의 중독성 내지 습관성이나 그것을 피운 후에 오
는 인간 이성의 도피증은 확실히 두려운 것이지만, 술을 먹고
도 그런 이성의 망각 현상이 오는데 왜 마리화나만 단속하냐
는 것이다.

LSD는 미국 약리학자들의 실험에서 거의 중독성이나 부작
용을 발견해 내고 있지 못한 것 같다. 적어도 50년의 실험이
있어야 하는 것이 아닐까. 그런데 이런 LSD나 마리화나가 히
피들이 아닌 세계 각국의 청소년들에게 만연되고 있어 또 하
나의 충격을 주고 있는 것이다. 그들의 타락을 욕하기에 앞서
서 우리는 그들이 그런 행동을 하게 한 서구 자본주의 물질문
명의 문제를 깨달아 그대로 답습해서는 안 될 것이다.

프리섹스(Free Sex)와 그들

여자와 남자의 섹스는 본연적이고 가장 순수한 자연 그 자
체인지도 모른다. 누가 누구의 부인인지, 누가 누구의 남편인
지, 누가 누구의 아들인지, 어머니는 있어도 아버지는 없다.

섹스는 쾌락이다. 하느님이 주신 최고의 선물이다. 그렇다, 섹스는 최고의 쾌락인지도 모른다. 인간에겐 언제든지(성인이라면) 섹스할 능력이 있다. 그러나 인간에게는 그것을 조절할 이성도 있다.

　이런 관점에서 그들의 프리섹스를 어떻게 해석해야 하는 것일까? 우리 나름대로의 타성과 무지 속에서 더럽혀지고 때묻어 있는—첩(妾)이 있고 사창가가 있고, 간통 · 강간 사건이 비일비재한—성(性) 윤리관을 밝은 태양 아래 깨끗이 소독하라는 의미로 받아들일 필요가 있는 것은 아닐까? 눈부시게 빛나는 태양 아래서의 깨끗한 섹스 행위, 그것이 우리에게 필요할지도 모른다.

히피즘의 한국적 의미

　우리는 자본주의 내지 서구적인 합리주의의 체제 속에 살고 있다. 서구의 히피 세계, 가까이는 일본 후텐족의 양상이 어떠한 역사적 필연성을 가지고 생성된 것이 틀림없다면, 우리에게도 그런 것이 생기지 말라는 법은 없지 않겠는가? 히피나 후텐이 나쁜 것이라면 그것이 우리에게 주는 충격은 큰 것이다. 왜냐하면 우리는 그들의 세계를 따라가는 것 같은—아니 따라가야 할 것 같은—불안과 콤플렉스 속에서 살고 있기 때문이다.

우리는 사실을 정확하게 관찰하여 옳고 그름을 판단해서 개선하는, 진보적이고 합리적인 사고 속에서 살아야 한다. 우리는 그들과 같이 되기에는 너무나 다른 곳에 살고 있다(매스컴의 광대한 영향 때문에 자연에 대한 향수도 없고, 그들같이 자본주의의 횡포에 염증을 느끼지도 못한다).

그러나 우리는 그것이 젊은이의 것이라는 것에는 박수를 칠 수 있을 것이다. 모든 것을 그들과 같이 나태하게 회피할 수도 없으며 자연을 즐기기엔 지금이 너무 고달프다. 그러나 우리의 위정자들은 서구를 무작정 답습하느라 정신을 차리지 못하고 있다. 항상 뒤따라가는 그들에게서 우리는 불안을 느낀다. 맹목적인 서구사회의 모방보다는 그들의 결점을 시정해야 할 것이 아닌가?

이피와 히피는 어떻게 다른가?

매스미디어를 통해 우리가 보고 듣는 뉴스는 이피와 히피를 구별할 수 없게 만들었다. 그러나 이피와 히피는 다르다. 근본적으로 전쟁을 싫어하고 평화와 사랑을 원한다는 것은 같아도 그것을 요구하는 방법이 다르다.

히피는 신비로운 반항을 한다. 그러나 이피의 방법론은 거의 마르크스주의자들의 방법론과 비슷하다. 마르크스주의자들이 세계 구축의 방법으로 노동자들에 의한 전투적인 유혈 혁명을 강조하듯이, 이피들도 폭력과 파괴와 살상을 행동강령으로 삼는다. 이피적인 양상을 띤 집단으로 캘리포니아의 '지옥의 천사'라는 모터사이클 갱이 있는데, 그들의 행동은 파괴적이어서 히피적인 신비성이 없다.

히피는 사랑을 좋아하는 신비로운 집단이다. 그들은 이제 암흑과 매연과 공해의 도시에서 도망가고 있다. 산이 있고 물이 깨끗한 자연을 찾아서 은둔하고 회피하여 그들만의 세계를 건설하기에 바쁘다. 원시적인 농업과 대가족적인 생활윤리와 도덕을 가지고, 그들은 그들만의 아름다운 세계에서 살기를 원한다. 그들은 우리의 눈에 보여지기를 원하지 않는다. 이피와 히피는 어떻게 다른가? 이 물음의 답은 너무나 명백한 것이다.

허버트 마르쿠제와 스튜던트 파워, 그리고 히피

이피는 세계를 다르게 만들기 위하여 혁명을 원한다. 그들은 보기 싫은 자는 '잘라' 버린다. 사제폭탄과 총기로 살상한다. 허버트 마르쿠제의 히피즘에 대한 체계의 확립에 관한 노력은 그의 지난 일을 보면 짐작이 간다.

사회주의 경향이 짙은 마르쿠제는 자본주의 내의 모순의 해결을 마르크스주의자와는 다른 곳에서 구하는 것 같다. 히피들의 운동에서 그는 어떤 감각적인 결론을 얻었다. 자본주의 사회의 발전 요소로 그는 히피즘을 표방하고 있다.

그러나 히피를 이즘화(ism化)한다는 것은 사실 그들이 원하는 것도 아닐뿐더러, 히피들은 체계화되고 이즘화되기에는 너무나 순수하고 자연적인 집단이 아닐까? 평화와 사랑을 찬양하는 그들은 이즘(ism)에서가 아니라 순수에서 그것을 노래하는 것이다.

마르쿠제의 히피즘에 관한 논리는 결국 자기 혼자만의 생각일 수밖에 없는 것이 아닐까? 착하고 아름답기를 원하는 그들을 이즘이라는 논리로 더럽히는 것이 아닐까? 그들은 진정 아름다우면서 순수해지고 싶고 착해지고 싶은 것 외에는 이즘이나 운동을 회피하고 있다.

미국 대학 내의 몇몇 행동주의적 경향의 영웅주의자들이 움직이고 있는 스튜던트 파워도 그렇다. 그들은 다분히 좌익적인 색채가 짙다. 그들의 이러한 사상적 경향이 다분히 자본주의의 반대 양상으로 만들어졌다면 곤란한 것이다. 방법의 확립 이전에 영웅주의나 서툰 희생주의적 감정에서 출발한 좌익적 색채를 우리는 경계해야 한다. 그러나 그들의 행동력만은 우리가 본받아야 할 요소다. 강력한 움직임을 위해서 모든 것을 분사하는 그들의 노즐(Nozzle)은 우리에게도 필요하다. 우리가 그들을 이해할 수 있거나 좋아한다면, 결국 그들의 그 강력한 분사력의 노즐 때문인 것이다.

한국산 히피는 무엇인가?

긴 머리에 이상한 옷차림, 그런 사람이 길에서 보이면 영락없이 히피로 지목된다. 그러나 긴 머리나 이상한 의복이 외국에서 들어왔다고 해서 그 사람의 내면세계까지 히피로 단정한다면, 난센스 이전에 우리에게 잠재해 있는 사대주의 사상에 기인한 것이 아닐까?

우리는 유행의 시대에 살고 있다. 외국에서 흘러 들어오는 새로운 아름다움, 그것을 외면할 수는 없다. 매스미디어는 홍수처럼 우리에게 그것을 강요한다. 아름다움을 원하는 우리는 그것을 따른다. 그러나 우리는 그들의 패션을 좋아하고 있는 것이지 그들의 사상 내지 태도를 닮으려고 하지는 않는 것이다.

한국인으로서의 히피, 그것은 아마 거의 불가능할지도 모른다. 그들의 철저한 자유분방을 감수하기에는 우리의 동양적 윤리가 너무나 억압적인 것이다.

이제 우리의 시야에서 도망쳐 자연 속에 숨어버린 그들은 20세기의 필연적 존재인 것은 틀림없다. 현대성에 대해서 커다란 의문을 던져준 그들은 당연히 있어야 할 집단인 것이다. 그들은 우리에게 과연 무엇을 이야기하며 자연 속으로 도망간 것일까?

필자는 그 이유에 대해서 아무런 말도 할 수가 없다. 결국은 역사가 그들을 판단할 것이다. 너무나 당연하게도 지금도 시간은 흐르고 있다. 히피, 꽃, 평화, 사랑……. 우리는 박수를 칠 수는 있었다. 그러나 그들의 사상에 동감해서 그들처럼 될 수는 없었다.

어쨌든 그들은 행복할 것이다. 나는 그들이 자연 속에서 자유롭기를 원한다. 그들이 아름다워지기를 원한다. 더욱 사랑하고 더욱 행복하라, '지성적 원시인'들이여!

1951년 - 3월 10일(음력), 가족이 한국전쟁 중 1·4 후퇴시 잠시
　　　　머문 경기도 수원에서 출생. 본적은 서울.

1963년 - 서울 청계초등학교 졸업. 대광중학교 입학.

1969년 - 대광고등학교 졸업. 연세대학교 국문학과 입학.

1973년 - 연세대학교 국문학과 졸업. 연세대 대학원 국문학과
　　　　입학.

1975년 - 연세대 대학원 국문학과 졸업(문학석사).

　　　　- 방위병으로 군 복무.

1976년 - 연세대 대학원 국문학과 박사과정 입학.

　　　　- 이후 1978년까지 연세대, 강원대, 한양대 등 시간강사
　　　　역임.

1977년 - 『현대문학』에 「배꼽에」「망나니의 노래」「고구려」「당세풍의 결혼」「겁(怯)」「장자사(莊子死)」 등 6편의 시가 박두진 시인에 의해 추천되어 문단에 데뷔.

1979년 - 홍익대학교 국어교육과 전임강사로 취임. 1982년 조교수로 승진.

1980년 - 처녀시집 『광마집(狂馬集)』을 심상사에서 출간.

1983년 - 연세대 대학원에서 「윤동주 연구」로 문학박사 학위 받음. 학위논문 『윤동주 연구』를 정음사(2005년 개정판부터 철학과현실사)에서 단행본으로 출간.

1984년 - 연세대학교 국문학과 조교수로 취임. 1988년 부교수로 승진.

- 시선집 『귀골(貴骨)』을 평민사에서 출간.

1985년 - 문학이론서 『상징시학』을 청하출판사(2007년 개정판부터 철학과현실사)에서 출간.

- 12월에 결혼.

1986년 - 문학이론서 『심리주의 비평의 이해』를 청하출판사에서 출간.

1987년 - 평론집 『마광수 문학론집』을 청하출판사에서 출간.

- 문학이론서 『시창작론』을 오세영 교수와 공저로 방송통신대학 출판부에서 출간.

1989년 - 에세이집 『나는 야한 여자가 좋다』를 자유문학사 (2010년 개정판부터 북리뷰)에서 출간.

　　　- 시선집 『가자, 장미여관으로』를 자유문학사에서 출간.

　　　- 5월부터 『문학사상』에 장편소설 『권태』를 연재하여 소 설가로서의 활동을 시작함.

1990년 - 1월에 이혼(자식 없음).

　　　- 장편소설 『권태』를 문학사상사에서 출간(2011년 개정판 부터는 책마루에서 출간).

　　　- 장편소설 『광마일기』를 행림출판사(2009년 개정판부터 는 북리뷰)에서 출간.

　　　- 에세이집 『사랑받지 못하여』를 행림출판사에서 출간.

1991년 - 1월에 이목일, 이외수, 이두식 씨와 더불어 서울 동숭 동 '나우 갤러리'에서 〈4인의 에로틱 아트전〉을 가짐.

　　　- 문화비평집 『왜 나는 순수한 민주주의에 몰두하지 못 할까』를 민족과문학사(재판부터는 사회평론사)에서 출간.

　　　- 장편소설 『즐거운 사라』를 서울문화사에서 출간.

　　　- 간행물윤리위원회의 판금 조치로 출판사에서 자진 수 거·절판됨.

1992년 - 에세이집 『열려라 참깨』를 행림출판사에서 출간.

　　　- 장편소설 『즐거운 사라』 개정판을 청하출판사에서 출간.

- 10월 29일,『즐거운 사라』가 외설스럽다는 이유로 검찰에 의해 전격 구속되어 서울구치소에 수감됨.

- 12월 28일,『즐거운 사라』사건 1심에서 징역 8월에 집행유예 2년 판결을 받음.

1993년 - 2월 28일, 연세대학교에서 직위 해제됨.

1994년 - 1월에 서울 압구정동 다도 화랑에서 첫 번째 개인전을 가짐. 유화, 아크릴화, 수묵화 등 70여 점 출품.

- 『즐거운 사라』일본어판이 아사히 TV 출판부에서 번역 · 출간되어 베스트셀러가 됨.

- 문화비평집『사라를 위한 변명』을 열음사에서 출간.

- 7월 13일, '즐거운 사라' 사건 2심에서 항소 기각 판결을 받음.

1995년 - ' 즐거운 사라' 필화사건의 진상과 재판과정, 마광수의 문학 세계 분석 등을 내용으로 연세대 국문학과 학생회가 쓰고 엮은『마광수는 옳다』가 사회평론사에서 출간됨.

- 6월 16일, '즐거운 사라' 사건 대법원 상고심에서 상고 기각 판결 받음. 동시에 연세대학교에서 해직되고 시간강사로 됨.

- 철학에세이『운명』을 사회평론사(2005년 개정판부터『비켜라 운명아, 내가 간다』로 제목을 바꿔 오늘의 책)에서 출간.

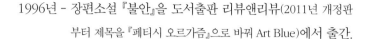

1996년 - 장편소설『불안』을 도서출판 리뷰앤리뷰(2011년 개정판 부터 제목을『페티시 오르가즘』으로 바꿔 Art Blue)에서 출간.

1997년 - 장편에세이『성애론』을 해냄출판사에서 출간.

- 문학이론서『시학』을 철학과현실사에서 출간.

- 문학이론서『카타르시스란 무엇인가』를 철학과현실사 에서 출간.

- 시집『사랑의 슬픔』을 해냄출판사에서 출간.

1998년 - 장편소설『자궁 속으로』를 사회평론사(2010년 개정판부 터『첫사랑』으로 제목을 바꿔 북리뷰)에서 출간.

- 3월 13일에 사면·복권되고 5월 1일에 연세대 교수로 복직됨.

- 에세이집『자유에의 용기』를 해냄출판사에서 출간.

1999년 - 철학에세이『인간』을 해냄출판사(2011년 개정판부터 제 목을『인간론』으로 고쳐 책마루)에서 출간.

2000년 - 장편소설『알라딘의 신기한 램프』를 해냄출판사에서 출간.

- 7월에 이른바 〈교수재임용 탈락 소동〉이 국문학과 동 료교수들의 집단 따돌림으로 일어나, 배신감으로 인한 심한 우울증에 걸려 2년 반 동안 연세대를 휴직함.

2001년 - 문학이론서『문학과 성』을 철학과현실사에서 출간.

2003년 - 강준만 외 5인이 쓴 『마광수 살리기』가 중심출판사에서 나옴.

2005년 - 에세이집 『자유가 너희를 진리케 하리라』를 해냄출판사에서 출간.

- 장편소설 『광마잡담(狂馬雜談)』을 해냄출판사에서 출간.

- 6월에 서울 인사동 인사 갤러리에서 〈마광수 미술전〉을 가짐.

- 장편소설 『로라』를 해냄출판사에서 출간.

2006년 - 2월에 일산 롯데마트 갤러리에서 〈마광수·이목일 전〉을 가짐.

- 시집 『야하디 얄라숑』을 해냄출판사에서 출간.

- 문학론집 『삐딱하게 보기』를 철학과현실사에서 출간.

- 장편소설 『유혹』을 해냄출판사에서 출간.

2007년 - 1월에 〈색(色)을 밝히다〉 전시회를 서울 인사동 북스 갤러리에서 가짐.

- 시집 『빨가벗고 몸 하나로 뭉치자』를 시대의창에서 출간.

- 4월에 소설 『즐거운 사라』를 인터넷 홈페이지에 올렸다는 이유로 기소되어 벌금 200만 원 형을 판결 받음.

- 7월에 미국 뉴욕 Maxim 화랑에서 〈마광수 개인전〉을

가짐.

- 에세이집 『나는 헤픈 여자가 좋다』를 철학과현실사에서 출간.

- 문화비평집 『이 시대는 개인주의자를 요구한다』를 새빛에듀넷에서 출간.

2008년 - 문화비평집 『모든 사랑에 불륜은 없다』를 에이원북스에서 출간.

- 단편소설집 『발랄한 라라』를 평단문화사에서 출간.

- 중편소설 『귀족』을 중앙북스에서 출간.

2009년 - 연극이론서 『연극과 놀이정신』을 철학과현실사에서 출간.

- 소설집 『사랑의 학교』를 북리뷰에서 출간.

- 4월에 서울 청담동 '갤러리 순수'에서 〈마광수 미술전〉을 가짐.

2010년 - 시집 『일평생 연애주의』를 문학세계사에서 출간.

2011년 - 장편소설 『돌아온 사라』를 Art Blue에서 출간.

- 2월에 〈소년 광수 미술전〉을 서울 서교동 '산토리니 서울' 갤러리에서 가짐.

- 에세이집 『더럽게 사랑하자』를 책마루에서 출간.

- 5월에 〈마광수 초대전〉을 서울 삼청동 연 갤러리에서 가짐.

- 화문집(畵文集)『소년 광수의 발상』을 서문당에서 출간.

- 장편소설『미친 말의 수기』를 꿈의열쇠에서 출간.

- 산문집『마광수의 뇌 구조』를 오늘의책에서 출간.

- 장편소설『세월과 강물』을 책마루에서 출간.

2012년 - 육필 시선집『나는 찢어진 것을 보면 흥분한다』를 지식을만드는지식에서 출간.

- 3월에 〈마광수 · 변우식 미술전〉을 서울 인사동 '토포하우스'에서 가짐.

- 산문집『마광수 인생론: 멘토를 읽다』를 책읽는귀족에서 출간.

- 장편소설『로라』개정판을『별것도 아닌 인생이』로 제목을 바꿔 책읽는귀족에서 출간.

- 시집『모든 것은 슬프게 간다』를 책읽는귀족에서 출간.

2013년 - 소설『청춘』을 책읽는귀족에서 출간.

- 장편 에세이『나의 이력서』를 책읽는귀족에서 출간.

- 단편소설집『상상 놀이』를 책읽는귀족에서 출간.

- 문화비평집『육체의 민주화 선언』을 책읽는귀족에서 출간.

- 소설 『2013 즐거운 사라』를 책읽는귀족에서 출간.

- 장편에세이 『사랑학 개론』을 철학과현실사에서 출간.

- 시집 『가자, 장미여관으로』 개정판을 책읽는귀족에서 출간.

- 『마광수의 유쾌한 소설 읽기』를 책읽는귀족에서 출간.

2014년 - 『생각』을 책읽는귀족에서 출간.

- 2월에 〈마광수 초대전〉을 부천시 '라온제나 갤러리'에서 가짐.

- 옴니버스 장편소설 『아라베스크』를 책읽는귀족에서 출간.

- 『행복 철학』을 책읽는귀족에서 출간.

- 5월에 한대수, 변우식 씨와 함께 〈꿈꾸는 삼총사 전(展)〉을 서울 인사동 리서울 갤러리에서 가짐.

- 『스물 즈음』을 책읽는귀족에서 출간.